LES MACRON

没有她，
我就无法成为自己
马克龙夫妇的浪漫爱情

〔法〕卡罗琳·德里安 〔法〕康迪斯·内代莱克 著 黄荭 译

CAROLINE DERRIEN
CANDICE NEDELEC

人民文学出版社
PEOPLE'S LITERATURE PUBLISHING HOUSE

著作权合同登记号　图字 01-2017-5078

Les Macron
by Caroline Derrien and Candice Nedelec
Copyright © Librairie Arthème Fayard，2017
Current Chinese translation rights arranged through Divas International，Paris
巴黎迪法国际版权代理（www.divas-books.com）
Simplified Chinese edition copyright ©
Shanghai 99 Readers' Culture Co.，Ltd.，2017
All rights reserved.

图书在版编目(CIP)数据

没有她，我就无法成为自己：马克龙夫妇的浪漫爱情/(法)卡罗琳·德里安，(法)康迪斯·内代莱克著；黄荭译．—北京：人民文学出版社，2017
ISBN 978-7-02-013224-9

Ⅰ.①没…　Ⅱ.①卡…　②康…　③黄…　Ⅲ.①传记文学-法国-现代　Ⅳ.①I565.55

中国版本图书馆 CIP 数据核字(2017)第 198047 号

出 品 人	黄育海
责任编辑	甘　慧　张玉贞
封面设计	汪佳诗
版式设计	高静芳

出版发行	人民文学出版社
社　　址	北京市朝内大街 166 号
邮政编码	100705
网　　址	http://www.rw-cn.com
印　　刷	上海盛通时代印刷有限公司
经　　销	全国新华书店等
字　　数	115 千字
开　　本	890 毫米×1240 毫米　1/32
印　　张	8
版　　次	2017 年 10 月北京第 1 版
印　　次	2017 年 10 月第 1 次印刷
书　　号	978-7-02-013224-9
定　　价	39.90 元

如有印装质量问题，请与本社图书销售中心调换。电话：010-65233595

致雅克·沃辛

致西里尔、巴勃罗和萨乐美

费德尔将和您一起堕入迷宫

和您一起迷失或找到出路。

——拉辛,《费德尔》,第二幕,第五场

目 录

序曲	*001*
命中注定的相遇	*007*
从亚眠到巴黎	*031*
征服者	*051*
大胆的人	*095*
势不可挡的晋升	*117*
疯狂的流言	*137*
今晚在剧院	*151*
陪伴者	*171*
最火的夫妇	*203*
尾声	*241*
致谢	*245*

序　曲

她是夫妻关系的基石；是他的底座，他的岩石。一些人认为她会是缺陷，是他的软肋。

话唠，有时不可捉摸，布丽吉特·马克龙让她丈夫的那帮幕僚担心不已。一个成功脱颖而出的总统候选人在妻子的问题上栽跟头就太遗憾了。尤其是现在，万万不可。

流言蜚语已经差点儿抹黑了这对恩爱夫妻的形象。时尚名流杂志封面刊登的照片就像她戴在左手的宝石一样亮闪刺眼。要安定民心，要避免像爱丽舍宫的前主人一样过分奢华闪亮。

要说服竞选班子，跟他们唇枪舌剑才能跟马克龙夫人说上话。或许她在学习谨守她此后应有的身份，尽管她并不把传统习俗放在眼里。

马克龙夫人让我们在巴黎拉贝-格鲁街她丈夫的前厅只等了一小会儿。

这个一月底，是属于她的时间……沉浸在自己的故事里，她忘了时间，全然不理会丈夫手下一个女公关顾问警惕的目光。

真应该听她开心地跟我们聊她生命中那些美妙的时刻。一个四十多岁，受人尊敬、崇拜的已婚女教师跟一个（非常）年轻的男生陷入爱河的疯狂故事。这个学生比她小二十四岁——而且还不是她教过的班上的学生。

关于艾玛纽埃尔和她自己的生平，关于他们能彼此遇见的"幸运"，当年的老师如今似乎很高兴终于能说出真相。只隐去了几个细节……他们人生的"巅峰"或许并不是那么遥远。

他，目光清澈，左右逢源。

她，自由，坦诚有趣，时不时地蹦出几个英语单词，在一个如此中规中矩的世界，某些经济统计学家或许已经把她归入老年人的行列。

踩着上了光的尖头小皮靴，妻子于是在丈夫的政治龙潭虎穴里改变了态度。他出发去黎巴嫩谈论他对近东的看法，完善他作为总统候选人的才能。而用她自己的话说，"霸占"了他的办公室。在"前进党"（En Marche）总部的七楼，这里如今就像一个伟大的起点。几张给疲惫的"帮手们"小憩的上下铺，像电视连续剧里常见的红蓝两色的墙，所有演员都在这里为他工作，不管是有偿的还是无偿的。他相信大家的努力，非常非常相信，因此上升的势头不可抵挡。他不敢梦想"伟大的夜晚"，但许诺"幸福的黎明"。

她，在前进，飞快地，迈着细长的腿。再撑三个月就好了。三个月去征服民心。这来得正好，他们知道该怎么做。就算他们最后没有赢又怎样，至少他们玩过了。这把玩大了，只有两年半的时间去赢得舆论的支持。

对法国人而言，他们代表了"颠覆"，代表了"断裂"。他们是有点儿这个意思，布丽吉特和艾玛纽埃尔·马克龙。

入主爱丽舍宫是否只是他们一时兴起？

她眯着蓝色的眼睛，毫不掩饰地说："人们不停地告诉我说在政坛什么都可能发生。他们会攻击我们，所以我等着！

走着瞧……"她已经看到了流言蜚语，还有痛苦。

听他们说话，会感觉永远有另一种可能性就在不远处。他们可以有千百种命运，而其他人却只有一种人生。

他们应该是抗争过才构筑起自己的人生的，那是在二十多年前。她，知道人心善变，一切都可能戛然而止。政治如此，其他东西也一样。用她自己的话说，年龄在这件事上没有任何关系。她说得没错。而这对特别的夫妇，把他们的爱情坚持了很久。

"我不是小说中的女主人公！"她说。而人们恰恰认为她就是这么想的。

大选在即。而这个丈夫，过去她指导他演戏，如今她在幕后指点他从政，她甚至美滋滋地想象有朝一日他去饰演……"于连·索莱尔"。"他演这个角色肯定不错！"

在我们面前，一脸激动，几绺金黄的刘海垂在两鬓，当年的语文老师一直在"演"。似乎很真诚，就像一个少女要讲述她的"生活"。

有那么多的话要说……

命中注定的相遇

一条有点儿忧郁的大道。穿过庇卡底城南的主干道之一。很快"天意中学"①出现了,巍峨壮观的校舍和耶稣会的产业。虽然神职人员离开这个空旷肃穆的校区,但传统的价值观念在这所和国家签约的私立学校里依然生生不息。亚眠和附近的富裕家庭都希望他们的孩子接受这样的教育。

"存在,行动,成功,成长。"志存高远的校训。还强调要心系他人,要懂得分享。"点亮你的心",在一个走廊的拐角可以读到这样的格言。尤其是要培养奋斗的品格,正是这种品格让马克龙成了总统候选人。

艾玛纽埃尔在"天意"读书,校友们都这么称呼自己的

---

① 即普罗维登斯中学(Providence),这个词也有"天意""命中注定"的意思。——译注

学校。在"天意",有室内游泳馆;有神学课,有自选的教理科;还有剧场,在院子尽头一个简陋的钢筋水泥大楼的楼上。一切都在那里上演。

舞台依然很美。但一切都已成往事。包在扶手椅上的石榴红色的丝绒已经风化了。米色的大幕也旧了,破了,但还奇迹般地挂在那里。二十四年过去了,但另一幕似乎定格在这里,一个十五岁的男孩注册参加学校戏剧俱乐部的那一幕。

1993年的那个春天,他第二次品尝到演戏的滋味——通过演绎别人的人生来发现自我,也品尝到掌声带来的快乐,"自我"被灯光照亮,喜悦变得饱满。

她独自一人指导中学的戏剧俱乐部。布丽吉特·奥齐艾尔,语文和拉丁语老师,为自己在亚眠舒适或许又有点儿单调乏味的生活找到了一条消遣之路。

和学生一起,她不怕花时间,也不怕费唇舌——跟他们分享对莫里哀和波德莱尔的喜爱;宣扬在她看来如此宝贵的"批判精神",一切解放的必要条件。由此她自身的解放也渐露端倪。

艾玛纽埃尔·马克龙。布丽吉特·奥齐艾尔。师生同台演出。海报看着很普通，其实一点儿都不普通。

一直以来，或者说几乎，年少的艾玛纽埃尔都很优秀，成绩几乎无人能及。甚至在戴尔佩什中学——进"天意中学"之前，小班的一个同学就对他的"神速"印象深刻。"任何比赛他都是秒杀我。"

他是马克龙家的长子，和弟弟洛朗以及妹妹艾丝黛尔一起在一个宁静的知识分子家庭里长大。父亲让-米歇尔是一名神经科医生，母亲弗朗索瓦兹先学了儿科，之后在社保部门当顾问医生。

一个中产阶级家庭，低调而不炫耀，推崇个人奋斗。用艾玛纽埃尔自己的话说，他是在一个很好的环境中进化的。但轻率还是要不得的。"家庭生活比较平淡，"让-米歇尔·马克龙承认，"两个家长的个性很不一样。艾玛纽埃尔还是比较外向的。"

有时候，少年会对医院的生活、科研的进展这类谈话感到厌倦。

在距离"天意中学"不到几百米远的一个富裕街区——亨利维尔街区一条宁静的路上，他日渐成熟。砖瓦房，花窗，带花园的房子很漂亮。周围都是类似的大房子，亚眠著名的花园洋房。

今天，街角的肉店老板可没有胡吹瞎侃。"是的，艾玛纽埃尔·马克龙就是在那里长大的。"他的话很简短。马克龙一家一直都很低调。

少年马克龙喜欢看书、遐想。"不过他可不是一个总把自己关在房间里的幽灵。"他父亲补充说。安德烈·纪德的书和米歇尔·图尼埃的《桤木王》摆在床头柜上。这几位作家的书是他亲爱的外婆日耳曼娜·诺盖，昵称"玛奈特"，送给他分享阅读的快乐的。他外婆做过校长，2013 年去世。小时候，用他的话说，多少次他逃避这种"一成不变的生活"，为了去她家寻找温存和智慧。

这个循规蹈矩的年轻人根本不会在周六晚上溜出家门，到舞池里去扭屁股。这是个天资聪颖的少年，热爱文学，如果我们相信他在"天意"读书那几年的一个同学的话。"初三的时候,老师要我们在课堂上写一个侦探小说的开头。我费了好大的劲,对自己写出来的东西还算满意。而就在这时,艾玛纽埃尔跟在我后面读他的作文……怎么说呢?写得太棒了!我感觉自己写的简直一无是处。更何况他是在课间休息的时候趴在桌上写的……"因为痴迷文学,课程实习,艾玛纽埃尔选择一头扎进巴黎的一家出版社。

在弗雷德里克的口中,溢美之词滔滔不绝,况且他还不算是他的好友。"这家伙是个天才,卓尔不群,确实是'非同凡响'。""最不可思议的是,你们肯定不相信我,因为太不可思议。我读书和工作期间从来没有遇见过可以跟他媲美的人。"这位前律师强调道。

"十多年前,我有一天跟妻子说:'我中学的时候班上有个家伙,我肯定他日后会当总统。'"他总结道,有眼力……或许未必!然后他又透露他曾小小地赢过艾玛纽埃尔一回,那感觉真爽。"只有一次,我赢了他,在听写比赛中名次排在他前面。"但仅此一回,可忽略不计。

学生马克龙很优秀，非常优秀，哪方面都优秀，碾压一切的成功。但他并不因此而骄傲自满，或者说几乎不。因此他的成功也没有招致其他同学的仇恨；通常班上的尖子都很容易拉仇恨。

布丽吉特已经嫁给安德烈-路易·奥齐艾尔了，才二十岁就嫁给他了。或许这是那一代人的想法。"比比"（家里人给她起的昵称）想先建立一个家庭，而且她从小就很敏感。

在重回亚眠之前，奥齐艾尔一家先在里尔生活，之后是斯特拉斯堡。他被任命为当地法国外贸银行的行长，后来又去了法国国民互助信贷银行。放学的时候，一个学生的妈妈走到行长妻子的身边，告诉她管理私立中学的教区负责人在招老师……

布丽吉特应一位女友之请，曾经在加莱海峡的商会尝试做过一段时间的公关传播，干着玩的。教书？她可从来没想过。兴致勃勃地在震天响的笑声中讲课，这个她可做不了，家里孩子生日来一堆小伙伴她都应付不来！

拿到现代文学硕士学位后,她想象自己更适合做人力资源管理工作。但最终,她被说服了。她考了初中教师任职资格证书,在阿尔萨斯的吕西-贝尔日一所路德教的学校小试牛刀。就像一种神启。

这一新使命让她感到自在、喜悦,让她跟学生走得很近。她平易近人,但对人并不亲昵。

她的整个家族,或者说几乎整个特罗尼厄家族都从事巧克力和甜点业,且生意蒸蒸日上。

"特罗尼厄家族至今已有五代人让亚眠全城尽享巧克力和甜点的美妙",这是《庇卡底邮报》在节日临近之际刊登的标题。布丽吉特的侄子让-亚历山大·特罗尼厄是上法兰西大区七家连锁店的负责人。那天光在亚眠这一个城市就至少有三个售货点卖杏仁马卡龙——"它之于我们,就像小玛德莱娜蛋糕之于普鲁斯特一样。"当地的一位女士轻声说道。

位于步行商业大街的旗舰店里,巧克力色的招牌上写着"让·特罗尼厄"的字样,那是布丽吉特已故的父亲的名字。

从总店络绎不绝的顾客就可以看出它非常成功。一群女营业员每周六都在店里忙碌。在这里，一切都遵循传统。在巴黎的巧克力大师眼中，他们的图案和造型设计甚至有点儿过时了，不够精致。

布丽吉特是六个孩子中最小的一个，在外省一个充满爱的勤劳的家庭里长大。那是一个右翼家庭，主要支持法国民主联盟（UDF）的吉尔·德·罗比安（Gilles de Robien），他拿下了这座曾经由共产党人长期把持的城市。

这样的环境她从未感到不满，她拥有优渥的生活，还继承了在勒图凯的漂亮宅邸。

她在亚眠修女办的圣心学校上小学。不守纪律的她常常被罚拿抹布去擦窗户。

酷爱寻欢作乐的她要么穿着迷你超短裙，在约翰·李·胡克①的音符下跳摇滚舞跳到天亮，要么反反复复地听约翰

---

① 约翰·李·胡克（John Lee Hooker，1912—2001），美国蓝调歌手、词曲作者、吉他手，是美国蓝调布鲁斯音乐的先驱之一，其具有催眠意味的蓝调影响了几代摇滚歌手和民谣歌手。——译注

尼①33转的黑胶唱片。年少的她古灵精怪，跟艾玛纽埃尔正好相反，他从小就乖，埋头读书，（难得）有闲暇就弹弹钢琴。

但她感觉自己有些与众不同。这个"苦闷"的少女隐隐地在憧憬别处的生活，别样的东西，就像她多年后跟朋友——作家菲利普·贝松②透露的那样。

她承认，她拥有幸福所需的一切条件。一切。她看上去容光焕发，实则隐藏了对存在的深深的焦虑。或许是因为很小的时候就经历了一个她很亲近的人的死亡。从没尝试去看心理医生、去分析这一内心的裂痕的她，"处处都看到死亡的迹象"。"就像莫泊桑一样！"她穿着一身黑衣，半正经半开玩笑地插了一句。

女教师，三个孩子的母亲，塞巴斯蒂安、洛朗丝和1984年出生的小女儿蒂菲娜，以及文学。还有她期盼已久的家庭

---

① 约翰尼·哈里戴（Johnny Hallyday，1943— ），出生于比利时的法国歌手、演员、一代摇滚巨星。——译注
② 菲利普·贝松（Philippe Besson，1967— ），法国作家，著有《由于男人都不在了》《他的兄弟》《感情淡季》《脆弱的时光》等。——译注

生活。

除了在阿尔萨斯待过一段时间以外，她都生活在亚眠，离"天意中学"不远的地方。"啊！布丽吉特，她真的很棒！"她以前的一个同事，在那里教了三十年书的语文老师这么说。不过她还是没提布丽吉特当年和年轻的马克龙那段"危险的关系"。

奥齐艾尔夫人轻轻松松就迷倒了一片。"她人超好，超级热爱她的工作。"她以前的一个学生这么说她。另一个学生，尼古拉，"天意中学五个最好的班"上的一个学生，说她是个一点儿都不严厉的老师，因为很多人都认为她一看就是那种不怒自威的人。

她是一个能把自己对文学的热爱感染给别人、传授给别人的老师。"所有的学生都爱她。"跟艾玛纽埃尔同年级的弗雷德里克不假思索地说道，"小时候，我甚至嫉妒所有给她写信、打电话到家里找她的学生。"她的小女儿蒂菲娜坦言。

很久以后，21世纪初，她依然让学生为她着迷。"她不是照本宣科的老师，课堂上有很多讨论。我们学习伏尔泰，拉封丹，学《得了瘟疫的群兽》(*Les Animaux malades de la peste*)这则寓言，读到'根据你的权势、贵贱之分，来判决你的清白与罪恶与否……'这句话时，她问我们：'你们认为这样的事情今天仍有可能存在吗？'她的外在，总是打扮得很精致的形象也和其他老师的风格截然不同。"以前高二文学课上的一个学生马丁如是说。

艾玛纽埃尔和他的老师是二十多年前认识的，在戏剧社。洛朗丝，布丽吉特的第二个孩子，同学眼中的美人胚子，已经跟母亲说起过这个与众不同的同学。女儿告诉她："我班上有个无所不知的学霸！"她和艾玛纽埃尔同岁，也生于1977年。

和弗雷德里克以及其他人一样，洛朗丝也被镇住了。她母亲在接下来的几个月听了这个学生的朗诵和演讲，事实上，他之后也一直都不是她班上的学生。奥齐艾尔夫人给艾玛纽埃尔·马克龙上的唯一的课都是在舞台上进行的，不用给他打分数，也不用在他的成绩单上签名。

但在指导这个高一学生排练之前,"马克龙"的名字已经在她耳边回响过很多次了。在"天意中学"的教师办公室,她的同事们常常把这个姓挂在嘴边。马克龙这样,马克龙那样。虽然老师们夸过出类拔萃的艾玛纽埃尔,但也夸过他弟弟洛朗和他的小妹妹艾丝黛尔。他们都是班上的第一名。无独有偶,他们都拥有一样的姓氏……都是学霸"马克龙"家族,是"天意中学"的风云人物!

奥齐艾尔夫人在遇见艾玛纽埃尔·马克龙之前就已经知道自己要和谁打交道。当女教师作为学生家长参加一个实习报告颁奖典礼的时候,就已经被这个中学生惊到了。那个初三的男孩居然敢……就颁奖典礼这种浮夸的做法发表演讲!

几个月后,这个别人眼中才智过人的年轻人形象完全符合她最初对他的印象。用她的原话,这个少年"很酷""很率真""对所有人都很热情"。学生们看他几乎都是崇拜的目光,尽管他在让·塔尔迪厄[①]《语言的喜剧》(*La Comédie du*

---

① 让·塔尔迪厄(Jean Tardieu, 1903—1995),法国诗人和戏剧家。——译注

langage）中扮演了一个自己并不喜欢的角色——稻草人，但她被他的表现、他的聪明才智迷住了。

年底的时候，当艾玛纽埃尔同意下学期继续留在戏剧社的时候，他们谈论了未来要排的戏：爱德华多·德·菲利波①的《喜剧的艺术》(*L'Art de la comédie*)。尽管他是个新手，但他想尝试新戏。"这就好像他对我说：'可是夫人，您应该有更大的抱负！'"她在皮埃尔·于雷尔（Pierre Hurel）的纪录片《流星的策略》②（*Stratégie du météore*）里回忆从前，笑容浮上嘴角。

对自己的所做作为、对自己的能力充满自信，马克龙同学建议她在这出剧里增加一些角色。在最初的剧本里，角色太少，不够一群学生分。而且女性角色也太少。布丽吉特的女儿洛朗丝，恰恰希望参演这出戏。女教师和艾玛纽埃尔于是联手改写了一部分的剧本，这出戏后来甚至在亚眠市中心

---

① 爱德华多·德·菲利波（Eduardo De Filippo，1900—1984），意大利演员、剧作家、导演和制片人。——译注
② 2016年11月21日在法国电视三台播出。

非常迷人的"庇卡底喜剧院"演出过。女教师和男学生一起做这类事情很少见,甚至有点儿不合礼仪。师生之间固有的那种老师高高在上的关系土崩瓦解了。

"我以为他写一点儿就会厌烦了,我看错他了。我们写完了那出戏,慢慢地我被他的聪慧迷住了。我到现在都无法衡量它的深度。"她在勒图凯的家里,面对皮埃尔·于雷尔的镜头时说道。

女教师被征服了,首先是被他的聪慧折服。她一直都站在舞台下面,走来走去,一会儿给这个提意见,一会儿给那个提意见,毫无保留地投身于她的"安格尔的小提琴"①。但在"奥齐艾尔夫人"和她那个年轻的男演员之间,随着一幕幕的戏的排演,滋生出某种不可言传的情愫。

关于这段新生的感情,布丽吉特·马克龙今天很谨慎地评论说:"是的,我知道对才华的赏识不知不觉已经变成了一种柔情,一种心照不宣的柔情。"激情在暗涌,情感在倾斜。

---

① 安格尔的小提琴(le violon d'Ingres)泛指"终其一生的爱好,但不赖此为生"。——译注

艾玛纽埃尔和她都察觉到发生了什么，但都什么也没说。他们被这份突如其来的感情弄懵了。

"我知道他是我的真命天子，但这是不可能的。"她对我们，这本书的两个作者还是这么说的。那是显而易见的，她后来分析道。她没有回避这个问题，但还是略去了一些细节。

当我们谈论他们初次合作的特色时，她坚持说："我从来没有把他当作一个学生来看。"

和法国很多男男女女一样，她看过取材自加布里埃尔·鲁西埃事件①的电影《爱你到死》(Mourir d'aimer)。那个三十几岁的语文老师爱上了她即将成年的男学生。布丽吉特·奥齐艾尔甚至被这个特殊的故事、被扮演那个不幸的女教师的安妮·吉拉尔多（Annie Girardot）震撼到了，她一直都很喜欢这个女演员。

---

① 1969年9月1日，法国女教师加布里埃尔·鲁西埃（Gabrielle Russier）自杀身亡。事情起因是"乱伦"：三十二岁的中学语文老师鲁西埃和一个十七岁的男学生相恋同居，鲁西埃虽然是两个孩子的母亲，但已离婚，尽管事情发生在法国校园革命的"性解放"热潮中，但还是遭男生家长指控，鲁西埃因"与未成年少年发生性关系"被判入狱，之后自杀。——译注

20世纪60年代末,这个事件成了无数家庭热议的话题。正统的持反对意见的人把这件事情说得很不堪,甚至令人作呕。棘手的"风化事件"很快难住了政府。对总统蓬皮杜而言简直就是一根难拔的刺,在无数的麦克风面前,为了不让他的选民流失,他小心翼翼地避开话题。聪明的才子含糊其辞,答非所问地背诵了几句艾吕雅①的诗歌,就这样避免了对一段如此有争议的私情下一个白字黑字的论断。都说爱情故事通常没有好结果,这个爱情故事最后演变为一场悲剧。

但当疯狂的爱变得越来越浓烈时,布丽吉特·奥齐艾尔一秒钟也没联想到这个悲剧。在她看来,二者没有任何可比性。她不会想到悲剧性的后果,因为她和他之间没有发生任何事情,就像今天马克龙的妻子所表明的,没有任何肉体关系。关于她自己的"事件",她下意识地补充了一句:"我从来没觉得我们的爱是一种僭越。"她的目光很明亮,没有流露出丝毫局促,更多的是对一份单纯的、命中注定的爱情的笃定。

---

① 艾吕雅(Paul Eluard, 1895—1952),法国诗人,著有《痛苦的都城》《公共的玫瑰》《不死之死》《为了在这里生活》等。——译注

这是前所未有的坦诚,把两个人当时的关系说得很清楚,尽管有些人还是认为那是不合法的。马克龙夫人反复说面对这个和她的子女年纪一样大的少年,"一定要想清楚。"这是她反复对自己说的。"奥齐艾尔夫人绝对不是那种会跟学生出轨的人。他们之间没有任何暧昧。"此外,以前的学生尼古拉也是这么看的,他如今三十几岁。

12月底在凡尔赛门展开第一轮竞选总统的强有力的造势活动中,有上万名民众来为他欢呼加油,几个家庭出身不错的年轻姑娘被候选人迷倒,但还是心存一丝芥蒂:"看上去似乎是个美好的爱情故事。但是,他遇见她的时候跟我们现在的年纪差不多。设身处地地想想还是有点儿奇怪,她的年龄跟我们的老师一样大。"这些政治学院预科班的女生们有点儿咬牙切齿地说。

按照候选人妻子的说法,她从来没有想过要拿他们夫妻的关系去跟别人比。她总是那么特别。说实话,几乎没有什么"先例"……如果说"什么都没有发生",那有什么好指摘的呢?有什么好谴责的呢?尤其是谁来谴责,如果没有任何东西可以让人谴责?

这些问题似乎离题了。法律规定十八岁成年，而不是十五岁，所有人都应该保护未成年人。因此不允许教师和他们的学生发生亲密关系。师生之间默许的特殊的友谊更多是伦理和象征意义上的。师生关系从某些方面上看，和有监护权的父母跟子女之间的关系有些类似。

一代代少年和"老师"都经历过这种"几千年"不变的师生关系，一个老师和一个自认为杰出或平庸的学生之间的关系……只不过学生恰恰不是他自己所认为的那样，为才华所倾倒。而且他的女老师从精神的层面上看更像罗宾·威廉姆斯[1]饰演的《死亡诗社》（*Cercle des poètes disparus*）中的男主角，而不是一个冷淡的、充满学究气的女教师。艾玛纽埃尔是那么与众不同："总是和老师们聊天。他总有一堆书，从心智上看，他不是一个少年。他和别人是一种平等的关系。我从来没有看到他在意年龄的差距。"布丽吉特·马克龙对纪录片导演皮埃尔·于雷尔透露道。

---

[1] 罗宾·威廉姆斯（Robin Williams，1951—2014），美国喜剧电影导演、演员。——译注

布丽吉特，马克龙的妻子，很清楚这些溢美之词很可能会被认为受了爱情的蒙蔽。所以和艾玛纽埃尔昔日的同学一样，她在镜头前面一再强调："艾玛纽埃尔的能力非比寻常。我不是从他妻子的角度，而是从老师的角度去评价他。"更何况"女教师"还培养了几百名学生，在亚眠，更多是在圣路易德贡扎格，之后在巴黎。她的确有能力去判断那些赢在起跑线上的学生的潜力（和局限）。她在课堂上可是听过许多未来进巴黎高等商学院（HEC）和巴黎综合理工大学的学生高谈阔论的。

刚满十六岁，马克龙同学对面临的情况一无所知：老师的女儿、跟他玩得不错的洛朗丝，她的丈夫、她的家庭、一个母亲、一个天主教精英学校受人尊敬和爱戴的女教师的名声。一切都反对他们在一起，但他无所畏惧。尽管他的长相有点儿罗曼蒂克，金色的长发桀骜不驯，但事实上艾玛纽埃尔·马克龙并不是一个忧郁的少年。不像那些被虚无主义困扰成天伤春悲秋的同龄人，他是一个目光远大的蓝眼睛的征服者，或许还有点儿兴奋。

在中学，人们开始议论。"我们听到不少关于他俩的流言蜚语，但我们当中很多人都对此不感兴趣，"当年的一个男生回忆说，"我们当时满脑子想的都是追女生。而且，大家也就只在走廊上议论议论罢了。"但女生们对此津津乐道，那个年龄段的女孩喜欢搬弄是非。"据说艾玛纽埃尔搞了奥齐艾尔夫人。"有时她们会在课间窃窃私语……

有人报告说在庇卡底城里看到他们在一起，沿着运河，在亚眠湿地公园漫步。不过在戏剧社，尽管他们的关系越来越亲密、越来越明显，但高二班的小伙伴们都没有唐突地问他。"和艾玛纽埃尔一起，我们从来不谈论此事，也不谈我们各自的爱情故事。"雷诺说。他是在"天意中学"上初一的时候认识马克龙同学的。"不能说那是禁忌，只不过我们的交情不深，不会聊到这些话题。我们只是泛泛之交。"上初三和高一那会儿，在布丽吉特在舞台上见识到少年马克龙的才华之前，两个同班同学已经一起演过从狄德罗的《宿命论者雅克和他的主人》(*Jacques le fataliste et son maître*)改编的戏剧《雅克和他的主人》(*Jacques et son maître*)了。是他们自己选的这出米兰·昆德拉的三幕剧。已经上过舞台的中学生马克龙在扮演稻草人之前,曾经在《托帕兹》(*Topaze*)一剧试镜时落选,"感觉有点儿受伤"。

听了雷诺的讲述,人们都会尽量避免当面问他那些传得越来越沸沸扬扬的流言。

他本人直到今天说起这件事还有一点儿局促。或许是出于谨慎,也出于对老同学的尊重。他时不时地去马克龙家听布雷尔的歌,一起看滑稽木偶戏,在那间依然充满童趣的墙上贴着"彼得兔"的房间。艾玛纽埃尔当时真的是第一次陷入爱河。虽然他以前喜欢过一个女生,但他这次是真的被这位女教师、被她的活力迷住了,最终,他开始疯狂地追求她。

事实上,在"天意中学",没有人抓住过这份疯狂的柔情的把柄,它还是柏拉图式的,如果我们相信他妻子的话。"感情是慢慢结晶的。"候选人的一位老友也证实了这一点。但艾玛纽埃尔的一个小伙伴似乎不是那么信服:"他给你的印象是一个会压抑内心欲望的人吗?"他似乎心存疑虑。

和兰波的诗相反,当艾玛纽埃尔向女教师敞开心扉的时候是非常认真的,虽然他当时还不满十七岁。

乐观的求爱者终于说出了困扰他的感情,卸下了面具。"他很快就意识到了,意识到我们还有机会。"她今天非常优雅地说道。

因为男孩才华横溢,所以不如把他送到可以更好发挥他的潜力的地方,远离这个失控的、对艾玛纽埃尔的父母而言也太危险的局面。布丽吉特·奥齐艾尔想到的是亨利四世中学或路易大帝中学这两所巴黎或者说法国最好的中学。

最后定下来去亨利四世中学。用候选人妻子的话说,马克龙的父母没有强迫他们的长子远走他乡。"我们并没有把他赶出家门,"艾玛纽埃尔的父亲在电话里生气了,显然是烦透了读到媒体上类似的指摘,"我们很早以前就已经打算让他和他弟弟去巴黎求学了。"他补充说道,一心想把实情说出来。

不管怎么说,马克龙父母认为离开无疑会让这份令人尴尬的激情得到控制。这份激情不符合外省……何况也不符合巴黎体面的资产阶级的道德规范。

马上结束高三学业的艾玛纽埃尔不想谈论这件事。之后就妥协了。那是一种失去，但对一个跌入情感漩涡的已婚女子、一个家庭的母亲而言无疑也是如释重负。是的，已经让她的家庭失衡了。"显然他得离开，为了他，也为了我。"她说道。

十六岁半出头的学生却丝毫没有在四十岁的女人面前掩饰他大胆的追求。"你甩不掉我的，我会回来，我会娶你！"他对她表白，而与此同时，他身不由己地准备到首都去读完高中最后一年。他没有食言。慢慢地，他"耐心地、不可思议地"卸下了女教师的心防。

从亚眠到巴黎

多了一百五十公里的距离。不算远，但很快变得无法克服。1994—1995学年伊始，当时还没有手机，不可能写长长的手机短信来解别离之苦、相思之苦。但他们找到了唯一的解决之道，那就是早晚都打长达几小时的电话，主要是他给她打。

艾玛纽埃尔很不适应新环境。他紧紧地抓住电话那头他不能也不想松开的情感。

就好像什么都没有发生过，或者说几乎没有什么发生，布丽吉特·奥齐艾尔继续她在"天意中学"的生活，穿过有点儿寂寥的长长的走廊，尽管墙上涂上了欢快的橙黄色和绿茴香色。和同事们一起在灰暗的只有几张宜家的扶手椅的教师办公室里，她总是那么容光焕发。但那通匿名电话打破了

"天意中学"的宁静。

这原本会威胁到她的工作和生活。但没有人敢来打听她、质问她。"中学里的人想跟我谈这件事情,但他们不敢。后来他们告诉我说我让他们胆怯。"马克龙夫人继续说道。她又以自己的方式毫无芥蒂地说他们做得很好。她只是对任何人都"关上了门"而已。

"因为她是一名深受家长敬重的、优秀的女教师,这帮了她大忙;要知道'天意中学'都乱成一团了,"今天一个目睹了当时事态发展的当地人随口捎带了一句,"对很多人而言,那可是师德问题。"

对老同学雷诺而言,他如今是巴黎地区的一名中学老师,这桩有点儿说不清道不明的事件并没有沦落到人们想象的下场,更何况还是在一所私立的教会学校。

"不管是法国还是纳瓦尔的任何一所中学,这类事情就跟天塌下来砸在你脑袋上一样,因为太不可思议!"

亚眠学校里的人都懵了,但艾玛纽埃尔已经不在那里了,一切似乎很快就平息了。

或许是因为实在太特殊了，不能被当作普通的师生恋来处理。奇怪的是，丑闻，如果有的话，似乎很快就被部分地屏蔽了。那些不容自己的声誉有丝毫受损的学校很清楚该怎么做。

不管怎么说，很多人都为此感到庆幸……雷诺，很高兴在毕业班又见到了他的女教师，这是她连续教他的第三个年头了。

事实胜于雄辩，对奥齐艾尔夫人既没有丝毫指摘也没有任何排斥。她继续每天早上从家里出来去圣康坦大道，那个"命中注定"的地方。

用女主角的话说，"事件"也不算什么，很快就时过境迁了。按照约定……艾玛纽埃尔在远离家人，远离布丽吉特的地方开始理科高三毕业班一年的学习。

在先贤祠广场，面对"伟人们"的精英荟萃的亨利四世中学，就像一个离开亚眠蚕茧般的生活的拉斯蒂涅克[①]，他发

[①] 拉斯蒂涅克是巴尔扎克的小说《高老头》中的人物，是一个从外省来到巴黎闯天下、梦想跻身上流社会出人头地的穷小子。——译注

现了首都生活的艰辛。搬到巴黎后眼界和社交圈都变了,陌生的规则让他感到既焦虑又有点儿飘飘然。他住在左岸一间简陋的女佣房里,罗斯柴尔德银行未来的一员干将,要到公共澡堂去洗澡……

文科预科一年级一开始很难熬,他第一次那么刻苦用功。他也因为要和那个他爱的女人长久别离而感到痛苦。无论如何,她得照顾她的家庭,尤其是照顾她的几个被"传闻"弄得无所适从的孩子。

长子塞巴斯蒂安继续接受工程师高等教育(专业学的是统计)。洛朗丝十七岁,和艾玛纽埃尔一样,选择了上理科高三毕业班,希望以后学医科。但慢慢地,奥齐艾尔家的一切都不顺了。在他们亚眠的家里,气氛越来越紧张。虽然她常常努力克制自己,拒绝命运的安排。今天她坐在现任丈夫的办公室里,坦然地承认当初这对她而言是不可能的。艾玛纽埃尔的年龄让她一下子就断了念想,他跟她两个大一点儿的孩子年纪相仿。

当布丽吉特和安德烈-路易出现感情问题的时候,小女儿蒂菲娜才十二岁。但多少次女教师不是利用业余时间,在家接待被法国高考弄得焦虑不安的学生?以前的学生回想起来,她丈夫也和颜悦色地招待来家里的妻子的学生,从来没有为他们的突然登门到访而感到不高兴。

于是有些人就毫不犹豫地来敲他们家的大门,怀里抱着一大束鲜花或香槟酒,来感谢这位花了那么多时间在学生身上的女教师。

在特罗尼厄家族,大家都抓狂了。"对她的家人而言,是一次真正的打击。"勒图凯的一个名流透露道,他跟她的兄弟姐妹很熟,特罗尼厄家族在加莱海峡这个景色宜人的地方已经定居很多年了。

《庇卡底邮报》的一个记者,在亚眠,添油加醋地说:"对特罗尼厄家而言,这绝对就是一个丑闻。当她把丈夫甩掉的时候,她的娘家人承受了巨大的压力。"而她,二十年后,用一种委婉、克制的语气讲述了当时的情形:"我的兄弟姐妹都想扮演我已经不在人世的父母的角色来劝我,但他们没有成功。"

当她和艾玛纽埃尔的关系初露端倪的时候,她的父母特罗尼厄夫妇的身体已经很虚弱了。布丽吉特的母亲见过他两三次。

布丽吉特和艾玛纽埃尔绝不松手。他上了文科预科一年级文学-社会学(B/L)方向(首选经济),依然在亨利四世中学。

后来有人形容这个"享有特殊威信"的男孩实际上是个孤独的人,他在法国国家行政学院(ENA)读书时,一位负责实习的老师也这么认为。诚然,他在"天意中学"有几个朋友,高三毕业班那年他周末回亚眠的时候仍会时不时地去看他们。但这个聪明绝顶的年轻人并不合群。有些人说他在中学的时候就常常一个人。"他的朋友不多,不太合群。但同时,想必他跟我们这帮小伙伴一起会无聊吧。"当年的一个同学如此分析道。

几年后,他还是给人一样的感觉,一样的判断。虽然在那个年纪,个性会被更细致地塑造。小伙子似乎一直都有点儿落寞,"班上好朋友非常少"。他对他人的态度既不轻蔑也不傲慢。不过有一个人跟他很投缘。和艾玛纽埃尔一样，他也是个特立独行的人，个性有点儿粗犷，常常有一闪而过的桀骜。因为特别，之前他曾经被声名显赫的斯塔尼斯拉斯中学开除。

布里斯对马克龙有好感。他在毕业班读的是社会经济科（ES），所以私下会给新转专业的小伙伴上点儿经济课。艾玛纽埃尔在文学课上一枝独秀，游刃有余。"他的文史知识非常渊博。"他的好朋友布里斯证实道。他说这话时眼中依然充满崇拜，很高兴第一次公开谈他们的友谊，尽管他的政治倾向是极右翼，跟马克龙的政见相去甚远。

作为一个语文老师，她也被艾玛纽埃尔的才华折服，甚至让他准备一个关于勒内·夏尔[①]的报告，勒内·夏尔是诗歌殿堂的一个重要人物。就为了能听他滔滔不绝地高谈阔论，而其他人对他报告的主题都不甚了了。"她对他有点儿偏爱。"他当时最好的朋友调侃道，但"故事"就此打住。

[①] 勒内·夏尔（René Char，1907—1988），法国当代著名诗人，"二战"期间著名的抵抗分子，1983 年伽利玛出版社将他的全部诗作收入"七星文库"出版。——译注

布丽吉特·奥齐艾尔仍未摆脱夫妻生活，但一有机会，有时甚至不是周末，她就会溜去巴黎，而艾玛纽埃尔几乎每周五晚上都坐火车回亚眠。也到首都发展的女教师过去教过的很多学生会撞见他们，要么在火车站站台上，要么在省际列车（TER）的车厢里。

其中有一个她教过的学生在里尔的旧货集市上和他们偶遇。学生感到很尴尬，说实话并不震惊，倒是更担心他们会感到难堪。"奥齐艾尔夫人"主动先跟他热情地打招呼，既不躲避他人的眼光，也不多说什么。

在巴黎，有时候两个恋人会去奥岱翁附近著名的餐厅普罗可布咖啡馆吃个午餐或晚餐，远离那个有时爱偷窥、爱嫉妒的外省。而且在那里，俗话说，没有不透风的墙。

艾玛纽埃尔住在一个奥斯曼时期的建筑的一楼公寓里，跟今天已经关掉的拉桑特监狱一步之遥，比简朴的女佣房显然更大更舒服，但百叶窗常常关上的住处也谈不上太舒适。

当艾玛纽埃尔的弟弟，注册在巴黎念医科的洛朗不在的时候,这对恋人就可以在公寓里度过片刻的幸福时光,不去管亲友的反对。终于可以无所畏惧地发展这段"地下"情了,当爱丽舍宫的候选人提到他们最初的恋情时就用了这个形容词。

大学生不会轻易与人交心,因为他不会轻易和人交朋友,至少不会深交。关于他的伴侣,他从不谈论。有些人猜到一二,调侃他有点儿"神秘兮兮"。

他更喜欢吸引"长辈"、老师们的注意。他的能言善辩、他的文学修养让人眼前一亮。"他天赋异禀,口头表达特别自如。但过了几个月后,我们要交不少论文,成绩发下来,我们才发现他也不是那么优秀。或许他不喜欢就一个问题最尖锐、最技术的层面深挖下去?"让-巴蒂斯特·德·弗洛芒(Jean-Baptiste de Froment)委婉地说道,他是巴黎第九区共和党的代表。

萨科齐的前顾问甚至指出马克龙"轻率的爱好",从某种意义上说后者此时已经成了他的政敌了。当初艾玛纽埃尔和他在文科预科班可是做了一年同学。

尽管对艾玛纽埃尔很欣赏,布里斯似乎对"塞巴斯蒂安·韦伊（Sébastien Veil）的才华更佩服"。仿佛是历史的讽刺，西蒙娜·韦伊①的孙子一开始加入的是尼古拉·萨科齐的阵营，从今往后却要为老同学马克龙入主爱丽舍宫而奋勇"前进"了，他成了昔日同窗好友的顾问。

跟他们并肩作战的还有帕斯卡琳娜·杜帕（Pascaline Dupas），这个经济学领域的新秀很快也将大有作为。

总是穿着黑色的外套、白色大开领的衬衫，艾玛纽埃尔·马克龙有一点儿花花公子的派头，在远离中学的地方，让人时不时地看到另一种谜一样的生活的迹象。"他跟男孩在一起的时间超过女孩，而且没有让人感觉他对女孩感兴趣。他从没追过女孩，也没有过艳遇。"让-巴蒂斯特·德·弗洛芒很笃定，眉头都不皱一下。但十八九岁的年纪，不会轻易向新认识的人敞开心扉，尤其是他还跟一个比自己大二十四岁的女人在交往。

不过，他在布里斯面前不会掩饰，甚至会把心里话说给他听。"我感觉自己面对的是一个从来没有过青春期的成年

---

① 西蒙娜·韦伊（Simone Veil, 1927— ），法国著名女政治家，法兰西院士。"二战"时曾被关押在奥斯维辛集中营。——译注

人。"他形容道。或许艾玛纽埃尔只对他,当时唯一的密友,聊过他爱情,说得很简单,没有丝毫夸张,甚至还不怕介绍他们互相认识。

他的好朋友和他的心上人在巴黎"布鲁塞尔的雷昂家"认识了,一起吃了贻贝配炸薯条。艾玛纽埃尔很放松。"我感觉对他而言,她比一切都重要,"布里斯透露,"他看她的眼神里有的是满满的尊重和欣赏。"

艾玛纽埃尔·马克龙似乎从来没有抱怨过这份恋情的艰辛和煎熬。世人看待各种非典型关系的目光,二十年前可能更犀利,但似乎无法中伤他、妨碍他。总之,他对这一切都表示沉默,就像对之后自己所要扮演的父亲的身份一样,或许他已经感觉太复杂,或者说他已经默认了。高二期末的时候他不就已经打算娶"奥齐艾尔夫人"了吗?

他很少跟他聊起他的家人,父母、弟弟和妹妹……但他似乎已经把布丽吉特的家人当亲人了。他很自然地说起她的两个女儿,洛朗丝和蒂菲娜。他对布里斯这个朋友很信任,信任到甚至把自己的手稿拿给他看，一部流浪汉小说，故事发生在前哥伦布时期的美洲大陆。

年轻的马克龙以此为豪，他的首部文学作品，多么有抱负。"大概150到200页，"布里斯回忆说，被"超强的语言掌控力"惊呆了，"有些段落很可怕，有一些用活人祭祀的场景；一切都用极其生动丰富的细节来讲述。"

在文科预科班一年级，课业非常繁重。为了挣点儿小钱，他利用少得可怜的业余时间给历史学家马克斯·加洛[①]上初中的儿子补习拉丁语。

几乎没有闲暇时间。当然，两个大学生偶尔会去勒穆瓦纳红衣主教和莫贝尔-互助院地铁站附近喝几杯，如果他们不是忙里偷闲在艾玛纽埃尔巴黎的公寓里听他心爱的雷欧·费亥[②]的唱片的话。

让一个曾经要求得到一套雅克·布雷尔歌曲大全作为圣

[①] 马克斯·加洛（Max Gallo, 1932— ），法国历史学家，以写作传奇小说和历史人物传记见长。——译注
[②] 雷欧·费亥（Léo Ferré, 1916—1993），法国歌手，对早期法国香颂的音乐风格有决定性的影响。——译注

诞节礼物的少年改听电子乐和流行乐,布里斯可不费这个功夫。但他期待周末继续跟这个"自信却不自负"而且"非常成熟"的小伙伴聊天,他从中获益良多,而且他们一起也玩得很开心,讽刺这个,揶揄那个,艾玛纽埃尔模仿经济学老师模仿得惟妙惟肖,就像当年他嘲笑"天意中学"的班主任一样。那时的他几乎从来不谈论政治。

每周五下午,课一结束,亚眠小伙子就开溜去赶火车,去追赶爱人不在身边时流逝的时光,就像两种几乎被截然分开的生活。

因为高中毕业会考得了"优异"的评语,布里斯头大人也聪明,而且还有才艺,吉他弹得好,现代舞也跳得很棒,上完文科预科班后进了巴黎政治学院(Siences Po),跟马克龙照不到面了,直到后来,当后者也到位于圣纪尧姆街的巴黎政治学院继续学业时才再次碰到。在那里,他还遇到了本杰明·格里沃(Benjamin Griveaux),今天"前进党"的发言人!在那里,部长未来的公关专员,安娜·德尚(Anne Descamps),有过一个名叫加斯帕·冈泽(Gaspard Gantzer)

的老师，他是艾玛纽埃尔在国家行政学院的同学……也是日后奥朗德总统公关团队的负责人。

小世界。就像英国作家戴维·洛奇① 带着狡黠和讽刺所窥探到的一样。

艾玛纽埃尔继续在文科预科班韬光养晦，梦想考进巴黎高等师范学院（École normale supérieure）。他天分够、水平也够，但他落榜了。对一个此前一直一帆风顺的人而言，这是一个真正的伤口，这么说一点儿都不为过，而且还落榜了两次。

他在亨利四世中学的英语老师克里斯蒂安·蒙茹（Christian Monjou）完全没料到，他后来跟"那一代最强者中的一个"维系了一种特殊关系。艾玛纽埃尔自己也没料到。他常常抱怨"考试不可避免的不确定因素"，嘴上挂着这句预科班这位"老师"说的话，仿佛为了更好地接受失败。但失败只是相对的，因为全法国有十几所学校给他发了录取通

---

① 戴维·洛奇（David Lodge，1935— ），英国著名小说家和文学评论家，著有《小世界》《天堂消息》《治疗》《小说的艺术》《现代批评理论》等。——译注

知书。甚至包括那所培养了最多总统候选人的赫赫有名的学校①。

空闲的时候,那位名誉教师很高兴在他家无数的艺术书籍中间跟我们聊天,他指出:"亨利四世中学,对他而言,最重要的东西并不在那里,重要的在别处。"

"在那个阶段,他个人承受的压力很大。"他还说到在他看来显而易见的事情:"他父亲把他放在巴黎也是为了让他远离那个女人。"

考上高师的弗洛芒客观地强调,准备这样的入学考试必须一心一意,"全神贯注在这个唯一的目标上",不能"有另一种生活"。而艾玛纽埃尔,从某种意义上说,已经太老成、"太世故"而不能全心全意扑在学业上,当然也有一点儿自命不凡。这个昔日的对手,自然也没有忘记马克龙爱不懂装懂的个性,有时候会无伤大雅地蒙骗他身边的人。

在法国电视二台"特派记者"(*Envoyé spécial*)的镜头前,

---

① 指的是法国国家行政学院(ENA)。——译注

他甚至给马克龙起了一个别致的外号："天才的骗子"。跟总统候选人一起披荆斩棘的一些社会党人也不是不知道他的这些小谎言有时大有用处，它们可以让他回避问题或冲突。

受伤的预科班学生在南泰尔①和巴黎政治学院包扎他的伤口。渐渐地，他在巴黎十大哲学系的学习让他遇到了这辈子最重要的人之一：保罗·利科②。当时他连续几周在这位大哲学家家里帮他整理文稿。一个关于二人组的广告今天让哲学系的几个学究愤愤不平。杰出的艾蒂安·巴利巴③，旗帜鲜明的左翼分子，甚至在《世界报》的专栏里说这样去形容马克龙所受的哲学熏陶简直就是在"炒作""非常卑劣"。预科班的一些老同学也喜欢小看他的哲学天赋。听他们的意思，拿到一个哲学系的硕士文凭不够把他打造成一个令人瞠目结舌的思想家。

---

① 指的是位于巴黎十大-南泰尔。——译注
② 保罗·利科（Paul Ricoeur，1913—2005），法国著名哲学家，当代最重要的解释学家。——译注
③ 艾蒂安·巴利巴（Étienne Balibar，1942— ），法国哲学家，曾在巴黎十大-南泰尔执教。——译注

阿兰·芬基尔克劳（Alain Finkielkraut）曾经跟总统候选人同过桌，很不欣赏跟他政见相左的巴利巴先生夸张的言辞。"我认为艾玛纽埃尔·马克龙聪明、率直、善于倾听，但他也不是一代知识分子的标杆！"不过哲学家还是有所保留，很惊讶听到对总统候选人的评价是无一例外的叫好声。

坚忍淡泊，马克龙似乎很少被批评的声音所左右或困扰。他很喜欢云淡风轻地去凸显自己的各种才华。他甚至得过音乐学院少儿组的大奖，但后来钢琴就没怎么弹了，实在是没有时间。

不过不管是在贝尔西还是在勒图凯的家里，都摆了一架钢琴。面对记者，他并没有大费周章要他们纠正履历中有时候会写错的他上过"高师"的经历。在内心深处，他知道自己是够水平、够资格的。履历上的这个小改动或许是为他当年的落榜报了一箭之仇，他一直认为考不上是个不公正的意外。让人沮丧的"考试不可避免的不确定因素"很快就得到了弥补。

巴黎政治学院毕业后，国家行政学院向他张开了怀抱。

2004年毕业的时候,他脱颖而出。他在领奖台上得到了铜牌。这个优异的成绩让他这个以前的文科生进了财政稽查署工作……

但他的出人头地引起了嫉妒。尼古拉·萨科齐未来的顾问塞巴斯蒂安·普罗托(Sébastien Proto)看到他这么平步青云一定会感到惊讶,甚至懊恼。他可不是唯一嫉妒马克龙的人,尽管他是那一届毕业生的第二名。

在国家行政学院毕业后,这个急切的年轻人看得很长远,跟所有重要的人都约见过。比如学院的三大知名校友,也是法国精英阶层的顶梁柱:亨利·德·卡斯特里(Henri de Castries),安盛集团(Axa)的老板;让-皮埃尔·茹耶(Jean-Pierre Jouyet),财政稽查总署主席;还有对他赞不绝口的阿兰·曼(Alain Minc),尽管后者阅人无数。

马克龙在前进。他跟布丽吉特的关系也越来越紧密。她最终告诉她的亲友这段不可思议的恋情。她继续在"天意中学"教书。

他在斯特拉斯堡的国家行政学院学习的几个月,在法国驻尼日利亚大使馆实习期间,两个人的日程安排并不总是能重叠,但他们的关系却更牢固了。他们的地下情越来越公开了。

在巴黎政治学院遇到的新朋友马克·费拉西(Marc Ferracci)以及其他人面前,他越来越频繁地出现在这个和他母亲年纪相仿的女人身边。而他和在亚眠的家人的关系却没有改善,甚至裂痕更深了。当他们的大学生长子开始他在巴黎的生活时,父母承受了不少压力,尽管他和父亲的关系有点儿疏远,尤其是精神层面的,艾玛纽埃尔在那么短的时间里内心还是纷乱的。

当他的父母——诺盖-马克龙夫妇分手后,马克龙想到要让他们自己这一对恋人得到社会的认可。就像他说的,这一对"不同寻常"的恋人。

征服者

2006年9月底，第戎大教堂的大殿里，巴黎的青年才俊和大人物都汇聚一堂。

西蒙娜·韦伊的孙子塞巴斯蒂安结婚了。秋色微凉，很多人都已收起了夏装。

庆祝活动在勃艮第宏伟的伏旧园酒庄城堡继续举行，那里曾经是一个西都派修道院，周围是种满葡萄的葡萄园。

塞巴斯蒂安·韦伊才思敏捷，理解、融入的神速都让他的同辈们惊叹。他是他们当中最优秀的……除了一丝让几个"老同学"感到有些生分的冷淡。

在亨利四世中学文科班的同学、一起在斯特拉斯堡上国家行政学院读书的同学，都来祝福这个几乎完美的年轻人。大卫·马蒂农（David Martinon），当时被认为会干出和萨科齐一样的一番事业；马西亚·维歇拉（Mathias Vicherat），是安娜·伊达尔戈（Anne Hidalgo）未来的左膀右臂；高师毕业的让-巴蒂斯特·德·弗洛芒，未来爱丽舍宫的总统顾问；最后还有玛格丽特·贝拉尔（Marguerite Bérard），国家行政学院马克龙那一届的第一名。还有很多其他的青年才俊……艾玛纽埃尔并不是新郎的密友，但这位高级公务员还是被邀请来参加同为国家行政学院毕业的塞巴斯蒂安·韦伊和西比尔·珀蒂让（Sibyle Petitjean）的婚礼。

那天晚上，一个女宾客让这个"俊男靓女（beautiful people）"小圈子的人都非常好奇，在那所声名显赫的学校里，大家就是这么称呼他们的。

很快，人们注意到她选了一身白色的裙子，而且很短。这些有点儿时髦的小伙子私底下在调侃，在猜这个"挽着艾玛纽埃尔胳膊的五十几岁、不是特别优雅的女人"是谁。"她有点儿'出格'①。"马克龙的一个老同学今天还这样嘲笑她。

或许在他们眼中，她完全不是中学联谊舞会上见到的那些年轻姑娘那副漂亮的乖乖女的模样……

这个比艾玛纽埃尔年纪大的女人目光充满怜爱，她到底是谁？当然，有几个人已经对他们的恋情略知一二，但仅此而已。现在，恋情公开了，他们终于可以打量这位和其他人完全不一样的"女朋友"。

有时候，只需一点就可以让中规中矩的大好青春变得狼狈不堪……

这一次，是他们的婚礼。仅仅只在一年以后。

婚礼没有那么排场，但同样幸福。

恋人们等这一刻等了很久。布丽吉特的父母已经不在人世。布丽吉特·马克龙说主要是因为艾玛纽埃尔坚持要结婚。

---

① 原文是 cagole，这是马赛人发明的词，用来形容法国南方那些疯疯癫癫、既有女性魅力又说话直率的强悍妇人。——译注

"他说：我们要让那些说闲话的人闭嘴。"

经过多年的坎坷，他想让共和国的法律来见证他们的结合。为了这个婚礼，他们需要很多耐心和决心。首先要解决一直悬而未决的奥齐艾尔夫妇的离婚问题。距离学生马克龙和他的女教师第一次在天意中学舞台上相遇已经过去快十五年了……

迟迟到来的婚礼仿佛是"公开承认一段一开始秘密的、很多人无法理解的、最后变得不容置疑的地下情"，爱丽舍宫的候选人在他的传记《革命》①中这样写道。

法律途径结束了这么多年不正式的关系，也是一种承认这段关系的方式。婚礼将在他们的故乡勒图凯—巴黎沙滩举行，那里是富有的亚眠人的海滨度假地。就在这里，三十五年前，特罗尼厄家的小女儿把自己的命运跟她的第一任丈夫连在了一起。那年她只有二十岁。

---

① 艾玛纽埃尔·马克龙，《革命》，XO，2016年。

这是打破既定秩序的一次新的胜利，那些陈规旧习常常束缚人的感情。

年轻的马克龙不懈地反对这种"从第一秒开始就谴责他们的公序良俗"。

教会可不会拿婚姻大事开玩笑，被列入联合国教科文组织遗产名录的美丽的亚眠大教堂，不能为这对新人举行庆典，因为布丽吉特已经接受过上帝的祝福了。不见容于天主教教义，这无疑让新娘子心里感到难过。

雷昂斯·德普雷（Léonce Deprez），勒图凯——特罗尼厄家族钟爱的度假地——的政要，邀请要结婚的小两口去国民议会的餐厅吃饭。这位市政官员曾经跟"布丽吉特的父亲打过几十场网球双打比赛"，和巧克力世家很熟悉，但对这家的小女儿并不是很了解。

他们就即将在市政厅举办的婚礼细节聊了聊。接待他们的时候，雷昂斯·德普雷立刻就注意到"他明显比她年轻"，但很快就发现是什么让他们走到了一起："我看出这个女人很聪明。看出她和他一样，都很有魅力，魅力是不分年龄的……"九十岁出头的他耳聪目明，在他坐落于勒图凯森林的房子里告诉我们。和艾玛纽埃尔一样，半个世纪前，他也在耶稣会士戒律森严的天意中学读过书。

未来的马克龙夫妇希望婚礼的一切都尽善尽美，要向那些依旧怀疑他们感情的人证明他们爱情的力量。因为艾玛纽埃尔甚至还不满三十岁，而布丽吉特已经五十四岁了。

"我过去曾经想过在这个有点儿复杂的阶段过去后气氛会怎么样，结果是宁静的，安详的。"今天他的朋友，经济学家马克·费拉西强调道。

他也没忘记用他自己的方式，通过调侃老同学来缓和气氛。在他面对宾客致辞时，他提到自己见到一头乱发的马克龙的第一印象：活脱脱一个"几十年没见过理发师的从捷克来校际交换的大学生"。

2007年10月2日，布丽吉特让人烫了一下刘海，选择了爱情和它轻盈的感觉。

无袖的白裙子，依然非常短。他选了一条粉色的领带。在承受了双方家庭——马克龙家和特罗尼厄家——那么多的压力之后，终于可以享受这一刻的恩典。

布丽吉特的长兄，家族企业的负责人，让-克洛德曾经多少次训斥过妹妹，反对她这场出格的爱情。"温和地劝诫。"今天马克龙的妻子这样说道。他比她大二十二岁，长兄如父。

这让布丽吉特的爸爸，被人当作小女儿的爷爷时常常感到很受伤。因此，马克龙夫人在爱一个比自己小二十四岁的男人之前就已经感受过什么是代沟了。她姐姐莫妮卡也教育她。哥哥姐姐们都觉得是为了她好，但也没有"给她施加太多的心理压力"。"他们试图告诉我说那是不可能的，但他们没有成功！"她透露道。她继续俏皮地模仿哥哥姐姐们的教诲："当你遇到马克龙时，如果你不避开，*it's a shame*[①]！"

根据《流行故事》（*Pop Story*）杂志的报道，多少次，她

[①] 英语：这就是一个耻辱！——译注

的恋人从家人身边逃走，为了在她身边享受片刻的幸福？布丽吉特的家人多年来不停地试图让她放弃这一新生活。

亚眠一个名门望族的声誉岌岌可危，这样家庭的人是不能抛弃丈夫去跟一个这么年轻的男人结婚的，更何况她还是三个孩子的母亲，"天意中学"的教师。太不可思议了。

结婚五年后，马克龙在爱丽舍宫的总秘书处任职，让-克洛德·特罗尼厄，自从让离开后成了一家之主，对当地的一个记者原原本本地说了这个不可思议的爱情故事。他料到女老师和未成年男生的故事很快会成为媒体津津乐道、拿来大做文章的话题。

他儿子，从此负责家族生意的让-亚历山大，也不会拐弯抹角。他心直口快，有点儿好斗，在全国性的各种报纸搅和进来之前，他盯着当地媒体。他自诩是马克龙夫妇的发言人，恳请媒体"不要打探家庭隐私"，尤其是不要煽风点火，要尽可能地保护特罗尼厄家族，让他们的生意继续兴隆，不能因为八卦而名誉受损。

所有这一切，在欢乐的人群面前，过去这些年的小吵小闹,仿佛都忘记了,或者说几乎。

在这个庄严的、耸立在一个钟楼的市政厅里,前市长回忆说,不得不把"迎宾厅打开,因为结婚仪式大厅太小了,容纳不了所有的宾客"。

当天晚上,他们都挤在威斯敏斯特宾馆非常高雅的包间里,威斯敏斯特是勒图凯神秘的豪华宾馆,那里挂着很多签名照片:玛琳·黛德丽[①]、莫里斯·拉威尔[②]、埃及国王法鲁克一世[③]、戴高乐……以及后来跟马克龙夫妇交好的丽娜·雷诺。

在一楼,节日的气氛非常热烈。知名嘉宾有前总理米歇尔·罗卡尔[④],跟他的朋友亨利·埃尔芒(Henry Hermand)一起来的,埃尔芒是艾玛纽埃尔的忘年交、日后的坚强后盾。

[①] 玛琳·黛德丽(Marlene Dietrich, 1901—1992),德裔著名美国演员兼歌手。她演唱的英文版《莉莉玛琳》是"二战"中美、德双方士兵最喜爱的歌曲。——译注
[②] 莫里斯·拉威尔(Maurice Ravel, 1875—1937),法国著名作曲家,印象派作曲家的最杰出的代表之一。——译注
[③] 法鲁克一世(Muhammad Farouk, 1920—1965),第二任埃及和苏丹国王。——译注
[④] 米歇尔·罗卡尔(Michel Rocard, 1930—),法国政治家,曾任法国社会党第一书记(1993—1994)和法国总理(1988—1991)。——译注

新郎选他和马克·费拉西当证婚人。两个证婚人的年龄相差五十岁,也恰好对应了这次将两代人凝聚在一起的联姻。

他知道这个婚礼本身多么富有传奇色彩,十五岁的他从来没有放弃过这份爱,不惜一切地坚守这份爱。

那天晚上,他又回忆起当年他离开亚眠到首都去读高三时对女教师发过的誓言:"你甩不掉我的,我会回来,我会娶你。"

尘埃落定,面对所有来宾,在大家看到这编排好的一幕之前,他先说了一段话,很自信,很清晰,尽管所有亲友都知道他很激动。他母亲,弗朗索瓦兹,"一个非常开朗的女人"——今天她的儿媳妇这样形容她——,当然也在场。他的父亲"内向但多情,跟儿子的关系一直'忽远忽近'",艾玛纽埃尔周围的人注意到。

在新郎的弟弟心脏造影专家洛朗和妹妹肾脏科专家艾丝黛尔之后,家庭又壮大了。和妻子离婚后,让-米歇尔·马克龙又当了一回爸爸,第四个孩子名叫加布里埃尔,艾玛纽埃尔同父异母的弟弟，现在也已经是个少年郎了。

在这个对财政稽查员而言无比幸福的日子里，他妻子的孩子，塞巴斯蒂安、中学老同学洛朗丝和二十三岁的蒂菲娜都在他身边，神情专注。"我要感谢布丽吉特的孩子们，多亏了他们，我们才能修成正果。我感谢你们接受了我们，爱我们原来的样子。"面对来宾他做了这样一番表白，带着他有时特别希望表现出来的庄重感。

也为了向大家解释这一内心的选择，仿佛这都是他一个人的责任。他朴实无华地谈到了他们的联姻："不完全是普普通通的爱情，一对不完全正常的伴侣，虽然我不喜欢这个形容词，但我们就是天生一对。"这是一对因为默契和相濡以沫而让人忘记年龄差距的爱人。

"媒体拿他们的年龄差大做文章让我们很吃惊；在这里，大家都认为这很自然，根本就不是问题。"新婚夫妇的一位朋友、应邀参加"这场幸福婚礼"的女议员说道。

她看着男女主角在威斯敏斯特酒店的厚地毯上跳着一曲温柔的华尔兹。"他们相处得那么融洽，所以我从来都不觉得他们的年龄差是个事儿。我很少看到像他们这么默契、这么幸福的夫妻。"布丽吉特的小女儿蒂菲娜·奥齐艾尔这么认为。

很长时间以来,事情都不太明朗。20世纪90年代末,当奥齐艾尔一家夏天在蛋白石海岸度假的时候,洛朗丝的小伙伴们都不敢当面问她这个问题。他们在琢磨,她到底知不知道她母亲正跟一个和她同龄的男生谈恋爱?

夏天放假期间,亚眠人喜欢时不时地串个门,在亲戚朋友家住上一星期或过个周末。"天意中学"的那些老同学跟特罗尼厄和奥齐艾尔家都有交情。没有不透风的墙,但什么也都没有明说。但这也不是一个禁忌的话题。

在这个她从小就开始来此度假的海滨浴场,布丽吉特一直表现得很自在。她父母在离威斯敏斯特酒店两步之遥的地方有一栋漂亮的名叫莫纳让的别墅。

这是一栋勒图凯风格的多层洋房,平瓦砖墙,几年后夫妻俩花了一大笔钱去翻新,点缀白墙的是同样充满设计感的纯白色的灯。后来有人指责部长低估了家产……

他不得不在最后关头跟税务机关做了调整，交了巨额财产税（ISF），也是他准备做一些调整的税。私底下，在一些企业老板面前，他甚至说他想把它取缔。

一直以来，特罗尼厄家的小女儿就以她能感染人的好心情、喜欢玩乐、说话率真而又有趣而让人印象深刻。"她有一点点大胆出格，跟她的哥哥姐姐们风格截然不同。"一位老相识这样形容她。"她总是穿短裙，迈着两条细细的大长腿，永远都戴着墨镜。"度假地的一个女居民补充说道。

有点儿纯情少女的粉红心，不腼腆……尽管六十多岁了，她还会说自己对克林特·伊斯特伍德①"纯爷们"的一面情有独钟。"《黄金三镖客》(*Le Bon, la Brute et le Truand*) 里在墓地的那一幕，你明白吧？"她打趣道，露出"超级亮白"的大大的笑容。

不管是在勒图凯、在"天意中学"，还是后来在巴黎、在

---

① 克林特·伊斯特伍德（Clint Eastwood, 1930— ），美国电影演员、导演、制片人。——译注

圣路易德贡扎格——内行人眼中的"富兰克林学院",马克龙未来的妻子都得到了一致好评。至少对那些愿意跟我们就这个话题谈一谈的人而言。

自从她丈夫成了名人之后,她当然更谨慎了,避免出现在勒图凯的高档场所。比如著名的弗拉维奥酒吧,塞尔日·甘斯布①最初的那些歌曲曾经在这里传唱;又比如佩拉尔饭店,以它美味的鱼汤出名。但她有她的习惯,如在圣让街——城里最知名的商业街——的盖斯奇埃尔茶馆小憩,或在服务周到的里科歇餐厅吃一顿饭,那里的老板总会说上一句讨喜的话。

勒图凯是她的地盘。钟情于这片茫茫的沙滩,当地的家庭在度假季都聚在这些水泥浇筑的五颜六色的小屋里,不过却没有庇卡底海滨小屋的魅力。孙儿辈跟他们的祖母来海边玩耍,这里的海泛着白光,从来都不是纯粹的湛蓝色。

---

① 塞尔日·甘斯布(Serge Gainsbourg, 1928—1991),法国歌手、作曲家、钢琴家、电影作曲家、诗人、演员和导演。——译注

也跟他们的"祖父"艾玛纽埃尔一起,他们给他起了一个外号叫"大爷"。辈分有点儿乱。

这个沙滩也是特罗尼厄家一度跟这个女儿保持距离的地方,因为她选择了一种不可思议的生活。

但婚礼之后,一切,或者说几乎一切,都进入了正轨。当然,很少有勒图凯人会提起过去,提起她的前夫,仿佛过去的生活都被一个才华横溢的部长的到来给埋葬了。这样做也更简单、更聪明。

跟别人打打招呼,大大方方地自拍几张照片,当他不去网球俱乐部或像随便哪个度假者一样骑上自行车到森林里漫游的时候。前一年他就是骑车去见雷昂斯·德普雷(Léonce Deprez)的。后者坚持要向他介绍自己的子女和孙子孙女。让部长听他们每个人的工作经历。

当马克龙夫妇不去欧洲某个首都过周末的时候,勒图凯就是他们最喜欢去的地方。位于主街上的房子完全暴露在好事者的目光之下。但这里确实是呼吸海风、远离政治"浊气"和

"争斗"的理想之所,候选人马克龙忙不迭地重复了好几遍。

在这里,他们可以忘记时间,手拉手在沙丘上漫步。和他们的狗费加罗一起,那是一条米色的很像拉布拉多的阿根廷杜高犬。

当艾玛纽埃尔12月底让自己跟随瓜德鲁普的节奏,端着小潘趣①敬酒,在安地列斯为他的总统竞选造势时,布丽吉特更愿意和费加罗一起来这里休闲,跟朋友们聊聊天,如位高权重的布丽吉特·泰丹杰(Brigitte Taittinger)和让-皮埃尔·茹耶夫妇,后者是萨科齐的前部长、奥朗德五年总统任期期间总统府秘书长。

当他的日程安排有空当时,马克龙夫妇就会来这里和大家庭团聚。"十一年时间,我们从五口之家,艾玛纽埃尔、孩子们和我,变成了子孙满堂的十五口之家。"一月中旬陪丈夫在里尔参加集会的时候,马克龙夫人几乎用骄傲地口吻提了

---

① 小潘趣(ti-punch)是用甘蔗汁酿造的农业朗姆酒配一点青柠汁调制的不加水、不加冰、不加软饮的法属加勒比海地区的特色餐前酒,量少劲大,味道辛香中带酸甜。——译注

一句。

只要有机会,艾玛纽埃尔就会去勒图凯或其他地方看望妻子的家人,他早已把他们视作自家人了。他跟他们很亲近,说起他们的时候就仿佛在说他自己的后代。他总说"我的孩子们""我的孙子孙女们"。

用这个主有形容词"我的"是弥补他们不是自己亲生子女的方式,更突出了他们是心心相印的一家人。当然,布丽吉特和他也考虑过这一次是否要一个他俩的孩子的问题……他们一起作出了答复。

热爱自由、追求卓越和社会成就,当父亲或许会对他的事业有所影响,有所拖累。他身边的亲友们都说,有布丽吉特一堆大大小小的孩子他已经很知足了。

或许他情愿用自己的方式去享受不一样的天伦之乐。一直酷爱文学的他免不了会给孩子们送书,而孩子们会嗔怪从"大爹"那里收到的不是玩具。

在他的政事变得越来越繁忙之前,那些想在节假日找他的人都会听到他回复说:"这个周末不行,家里有孩子。"

"他是个喜欢照顾家庭的人,"继女蒂菲娜·奥齐艾尔深有体会,"他知道他给自己规划的生活,哪怕在他投身政坛之前,都跟照顾孩子是冲突的。"

一个认识多年的朋友记得有一回跟他一起喝酒,他介绍一个好朋友给马克龙认识。当时马克龙还没有进入政府领导班子。那个老同学刚有了孩子,抱怨头几夜睡得很不安生。坐在同一张桌上的第三个人对艾玛纽埃尔·马克龙的感情生活一无所知,于是问他:"你呢?你还没有孩子?你想有孩子吗?"

未来的部长回答:"没有,我没有孩子,但我已经当外公了,一个幸福的名义上的外公。"

候选人喜欢谈论"家庭",而不是他的家庭。他对不同的族群都有认同,尤其是单亲家庭。弗朗索瓦·菲永(François Fillon)在右翼党派初选获胜当晚,他不就巧妙地大声宣告说:"我是支持家庭的。"同时也表明他在习俗问题上开放的态度跟共和党候选人有反差。

当然,他为父母的事业成功、为这个知识分子家庭感到骄傲,家里所有人——除了他——都穿白大褂。

他的所有访谈,从他亲友口中听到的,给人的印象就是和布丽吉特一起,他找到了他的第二个家庭。

在他们相识后不久,他就明白自己要牢牢抓住她,这个对他而言至关重要的基石。"她要把我们的生活维系在一起的意愿是我们获得幸福的条件。"他在《革命》中再次提道。

"我希望至少我们建立了另一个家庭,有点儿特别,与众不同。但把我们维系在一起的力量更强大、更不可抗拒。"布丽吉特·马克龙的小女儿也证实了这一点。"作为律师,我对家庭法深有研究。我见过重组家庭的种种问题,"她说,"而我可以告诉你们的是,他们处理得很好,很睿智。"

蒂菲娜·奥齐艾尔也向她非常崇拜的继父致敬:"他接纳她的同时也接纳了我们,这是一个很大的挑战……他那么年轻;这对他而言可不简单。但他马上就开始呵护我,鼓励我参加律师考试。"

谈到奥齐艾尔-马克龙的联姻,每个人在家庭中扮演的角色都很明确。"我们从来没有感觉是我母亲一个人带着四个孩子,"小女儿继续说道,"她和他是一家之主。此外,我很幸运有一个我爱的父亲,他是我生活的一个支柱。还有,一个非常棒的继父!"

艾玛纽埃尔和他父母之间紧张的关系,有一段时间因为这份不被理解的爱情而加剧,或许曾经造成了彼此的疏远。不过,不久前,布丽吉特·马克龙邀请她的婆婆弗朗索瓦兹假期去她美丽的勒图凯家中做客。"艾玛纽埃尔的妈妈非常质朴,非常和蔼。"一个消息灵通、曾经遇见过这对婆媳的当地女居民说。

喜欢说话点缀几个英语单词的布丽吉特·马克龙很愿意谈她和婆婆的关系……"*Very open*[①]!""我们是好朋友。"

---

① 英语:很开放,很外向。——译注

弗朗索瓦兹·诺盖退休后住在巴黎，两个女人常常一起午餐。前进党在他们的故乡亚眠建党的集会她露过面，但她并没有出席长子的每一场公众见面会。

马克龙的弟弟洛朗曾经来巴黎听过他的演讲，但三十多岁的小妹艾丝黛尔几乎不在他面前露面。肾脏科专家定居在图卢兹附近，不屑于在公共场合露面，也拒绝跟记者交流。"我坚持自己的原则，"艾玛纽埃尔的小妹简洁地解释道。

他父亲也几乎不可能在他演说结束的后台被人看到。

让-米歇尔·马克龙对那些政治家的夸夸其谈并不感冒。"我觉得政治非常具有破坏性。我对这个圈子没有什么敬意，不过目前看来，艾玛纽埃尔混得还不错。他已经证明他有足够坚强的个性可以坚持下去，"他父亲安慰自己，"他很有勇气。"

儿子周围的人都承认：神经科医生也许更希望自己的长子不要投身政坛。虽然他对公开辩论感兴趣。"跟我看到的说法相反，我不是右派，"他透露道，"但当艾玛纽埃尔说左右之分是过去的老观念时，我完全赞同他的观点。我完全同意他的政治主张。尤其是要终结所有这些政坛的'公务员'的局面。"

有时候,他们会在一起谈论法国面临的重大问题或科研的未来。"左派没有回到巴舍罗法(la loi Bachelot)、回到医院改革的问题上令我很失望。这简直成了一种说不出名字的官僚主义!我总是跟我儿子唠叨这类事情,为了这种现状能得到改变。"

或许是考虑到要保护父母不受媒体的骚扰,艾玛纽埃尔很少谈到他自己的家庭。当媒体在采访中影射到他敬爱的祖母时,他母亲都会心里一阵难受。

"私底下也一样,他从来不谈论他的家人。"一些熟人还透露说,并且说这是出于男人的腼腆。这就有点儿像那些在镜头前面脱衣服却发誓说他们"很害羞"的男演员一样,太自相矛盾了。

马克龙公然在比阿里茨穿着泳裤或在里斯本穿着牛仔装

跟妻子手牵手出现，他到底在秀什么？

在勒图凯，所有的生意人都认识他们，女药剂师的姐姐跟布丽吉特很熟；在那里，奥利维尔（Olivier）——反对党的代表朱丽叶·贝尔纳（Juliette Bernard）的丈夫，是"看着布丽吉特长大的"；在那里，布丽吉特的女儿是鞋店的法律顾问；在那里，艾玛纽埃尔跟所有人都"亲切地"打招呼；在那里，布丽吉特的孩子们都"那么纯朴，那么低调"；在那里……

在那里，人们最终认为这一家人也很普通，很平常，没有一点儿让人非议的地方。

《勒图凯回声报》(*L'Écho du Touquet*)，由雷昂斯·德普雷（Léonce Deprez）组建的公司创办和印刷，不着痕迹地摆出了这个显而易见的理由。"自从他去了贝尔西①就是这样，当他成了总统候选人后更是如此，很少有人会唐突地评论这对跟

---

① 贝尔西，代指法国财政部。——译注

权力一步之遥的夫妻。"报纸的一个记者这样说道。

他的生活,在这里跟在其他地方一样,变得越来越复杂。很难避免被拍,避免出名引起的麻烦。此后,人们很少看到他在勒图凯的大街上溜达,在家待的时间越来越多,就像他之前窝在家里字斟句酌地写《革命》一样,他妻子永远都在离他不远的地方,手里握着自来水笔。

婚后的2007年,这对夫妻在首都投资买了房,巴黎十五区一个八十平方米的公寓。以前,布丽吉特成功地在亚眠和巴黎两种生活中切换,多亏"天意中学"的排课很理想。

中学的课集中在三天上完,剩下的时间布丽吉特和他一起待在巴黎。马克龙还年轻,钱包还没有那么鼓,借钱买了这个价值九十万欧元的房产,主要是向比他年长的好友、亿万富翁亨利·埃尔芒借的。他当时刚结束在财政稽查总署(IGF)的高管职务。他已经默默地为国家服务超过三年半时间了,从公寓的窗口望出去是贝尔西综合体育馆。

因为他做事得心应手,当让-皮埃尔·茹耶被任命为国务秘书的时候,他甚至被委派临时负责财政稽查总署的事务。

但是2007年年底，这位拥有越来越广的关系网的国家公仆梦想换一个天地。部长埃里克·沃尔特（Éric Woerth）拉拢他，他没接招；他也不考虑进总理弗朗索瓦·菲永在马提尼翁府的内阁。这让国家行政学院的某些老同学和勒图凯的熟人都大吃一惊，他们下意识地把他归到了右翼。"的确，他拒绝跟萨科齐吃同一锅菜。"弗朗索瓦-约瑟夫·弗里（François-Joseph Furry）说道，他是马克龙在亚眠的旧交，之后一直密切关注马克龙的动向。

在"天意中学"读书的时候，两个少年几乎没什么来往。但巴黎高商毕业、当时在卡尔米尼亚克资产管理公司① （Carmignac Gestion）就职的金融家感到这个当初在中学的舞台上第一次"用演技折服他"的人让他有点儿无所适从。

同样念哲学出身的他一开始也对金融界存有戒备之心。"从事金融业是和内心的选择相悖的。在我看来，从某种意义上说，他辜负了祖母对他的熏陶。当时这让我有点儿诧异。我对他说：'那可不是一个爱心熊的世界；你要成天跟数字、

---

① 卡尔米尼亚克资产管理公司是1989年由法国投资银行家爱德华·卡尔米尼亚克（Edouard Carmignac）成立的独立资产管理公司，是欧洲该行业的翘楚。——译注

跟 Excel 表格打交道。'"后来他也步了老同学马克龙的后尘，进了金融界。

事实上，马克龙什么都没有否认。他只是想什么都见识一下，在所有可能的领域里学习、耕耘。他不是"我什么都知道"先生，而是"我什么都想学"先生，他的作家朋友埃利克·奥森纳①在《回声报》(*Les Échos*) 中这样形容他。

这是一种要探索一切的内心强烈的诉求，换换服装，最终，换个游戏玩玩。

被弗朗索瓦·昂罗（François Henrot）收入麾下，年轻的银行家很快就在罗斯柴尔德集团（Rothschild）经受了考验。在这个行业他太年轻，太缺乏经验，尤其是他无法把握一个领域的诀窍和精妙的策略。于是他孤注一掷，悄悄地对朋友弗朗索瓦说："我别无选择。要么闪电战拿下，要么完蛋。"

受到密切关注的新人知道自己应该怎么干。用他对人

---

① 埃利克·奥森纳（Erik Orsenna, 1947— ），法国作家和政治家。——译注

际关系的敏锐嗅觉去谈判,他很快就谈成了两笔交易,雀巢(Nestlé)并购辉瑞(Pfizer),以及法国源讯公司(Atos)并购大企业西门子(Siemens)的IT部门。

当他2008年9月进罗斯柴尔德集团时,政治离他还很遥远。当然,在刚过去的那一季度,他曾经是阿塔利①委员会的助理报告人,发布了三百条被认为有望"解放法国经济增长"的措施。他每天无怨无悔地忍受密特朗总统的前顾问发的几百封邮件——这还是一种委婉的说法。

政治,公众事务,他曾经反复思考过……他在报考巴黎高等师范学院失利后,他上了圣纪尧姆街的巴黎政治学院,之后又在那里当过老师。

特别是他和两个小伙伴马克·费拉西和奥勒良·勒舍瓦利耶(Aurélien Lechevallier)在那里求学时对政治很感兴趣,

---

① 雅克·阿塔利(Jacques Attali),法国政治和经济学家,著名的政论家,曾被评为世界100位最顶尖的思想家之一。他曾长期担任密特朗总统的特别顾问,参与起草在1991年通过、被称为马斯特里赫特的欧洲联盟条约(简称马约),为欧共体称为政治联盟和经济与货币联盟铺路。2007年被萨科齐总统邀请并组建解放经济增长委员会并出任主席。——译注

后者之后成了政治顾问和外交官。他在预科班的同学布里斯以前很少，或者说几乎从来没有想过他会走这条路。

在进银行之前，马克龙就应邀去这所他熟悉的学校给备考国家行政学院的学生上通识课，隔周两小时，一直上到2012年他加入奥朗德和总统府秘书长的团队。

母校毕业的学生很喜欢教书，虽然他上的是大课，跟学生没有深入的交流。女生都觉得他很有魅力——那些沸沸扬扬的传言丝毫没有对他造成负面影响。

有时候学生很烦老师在最后一分钟缺席不能来。他不停地调课，延期，每天天一亮就忙个不停。他甚至很不好意思地跟巴黎政治学院的秘书致歉。"您该骂我了"，2008年3月底他给她写了邮件，解释他"很难"安排他的时间……那时他还不是部长。

艾玛纽埃尔·马克龙一直都在"潜水"，就像他在一封封邮件中一再重复的那样，即便他时不时地会在"巴政"人汇聚的巴西尔咖啡馆喝杯咖啡。

七点整。要决定谁去上课，是自己去还是跟他一起上这门课的同事雨果·科尼埃（Hugo Coniez）——参议院的高级公务员去。

这个高师和国家行政学院（比马克龙高一届）的双料毕业生培养了很多像娜迦·卡罗-贝尔卡塞姆（Najat Vallaud-Belkacem）一样的新秀，有多少次他不得不临时替他的通识课搭档代课？但他还觉得艾玛纽埃尔是一个"很和气、情商很高的好搭档"。

马克龙把他的课程几乎都集中在政治哲学的话题上，喜欢援引他的三个偶像的论调：柏拉图、黑格尔，当然还有他心心念念的保罗·利科。他略去了"写得很深奥抽象"的那部分课程内容，他的同事注意到了。

或许这一点儿也不让人惊讶。在他刚开始竞选的时候，人们指责他拒绝面对残酷、现实的问题，拒绝提出一些具体的措施，哪怕是一个简单的时机问题、战略性的玩笑或在这么短的时间内打无准备之战，这些都招人口舌。

这个能领会黑格尔思想精髓的人是个纯理论家。长期以来他都更喜欢高深的概念，而不是现实的细枝末节。

和弗朗索瓦-约瑟夫·弗里一样，雨果·科尼埃也注意到两难的处境让刚刚三十出头的马克龙心神不宁。"大家感觉他在行动和思考之间犹豫或者说假装犹豫的时候，他已经在为进罗斯柴尔德做准备了。"

他已经开始对他显然要放弃的哲学世界有一点儿"怀念"了。不管怎么说财政稽查总署已经让他感到有点儿厌倦了。他用客观的或者说怀疑的眼光去看行政工作的效率。

最终，他没有犹豫很久就屈服于金融业的诱惑。讽刺的是，几年后，他摆出一副看轻金融业的言不由衷的样子。

身着银行家的西装领带，曾经的哲学家继续满嘴都是圣纪尧姆街喜欢的那套术语。他还是紧跟理论，不屑于那些经验之道。

关于法国，马克龙这头政界小狼只了解那些得天独厚的上层阶级，他是庇卡底长大的孩子，北方之子，现在他常常喜欢在集会上这样称呼自己。他说酗酒和烟瘾跟地理条件差有关，这惹恼了某些地方的居民和反对党。对法国各地，马克龙更多还是在年少时坐在父母的汽车后座，隔着玻璃路过、观察过，他们冬天去拉蒙吉度假，那里离巴涅尔德戈尔市政的蒙加亚尔不远，是他母亲在比利牛斯地区的老家。艾玛纽埃尔·马克龙现在还喜欢从那里的滑雪道上冲下来。

面对政治学院的学生，他很自在，但不是那种被人膜拜的老师。最后上的几堂课他更专注了，因为是全程录像的。在这个新舞台上，他高谈阔论"历史和记忆""死亡和疾病""宗教、世俗和神圣"，还有"冒险"。冒险精神在他身上似乎是与生俱来的，哪怕什么东西都只是浅尝辄止，都有点儿太快。

总的说来，这些年充满变化，他似乎比任何人都更符合他非常欣赏的勒内·夏尔写的那个名句："制造机会，抓紧幸福，大胆冒险，当人们看你时，他们会习惯的。"

弗朗索瓦-约瑟夫·弗里今天投身社会互助事业的企业家，用他自己的方式套用了作家的这句话，在他看来，这是能让人理解马克龙的唯一中肯的分析。"艾玛纽埃尔不断地冒险。"

他不会用对立的眼光去衡量政治、金融、教学、公职之间孰轻孰重。不扼杀任何欲望，渴望丰富多彩的生活，只要他知道自己有足够的能力去接受这样的命运。"艾玛纽埃尔是多变的，不好给他下定论。"他妻子强调说。

才三十岁，他给周围人的印象就是门路很多，尽管并非一切都尽善尽美，尽管他甚至没有时间好好地更新巴政的教案。

他的银行家朋友也没有让他得空喘口气，当人们讽刺他在新踏足的金融界太过奔忙时，他承认："是啊，我是被剥削的！"在最后一分钟把课取消又算得了什么呢……在"巴政"的走廊上人们猜测年轻的马克龙已经有过硬的后台，强大的后备，尽管他从来没有流露出一丝的傲慢。但他并没有加入当时"巴政"位高权重、影响力极大的校长理查德·德库安（Richard Descoings）的拥趸的行列。

新郎打开了所有的门，但关上了他自己的世界，周末也不邀请屈指可数的几个好友聚会了,尤其是不邀请他们去勒图凯了。这么多年里,他很少谈他的私生活,几乎保持神秘。从外形上看,他给大家的印象是那么年轻,轮廓没有一丝瑕疵。"马克龙看上去……很光滑!"一个财政稽查总署办公室的同事不得不承认,他今天在"芒什海峡对岸那地儿"①当金融顾问。

预科班和国家行政学院的那群小伙伴最终还是发现了他隐藏的一面,开始议论他的私生活。如果相信当时一些人证的话,他们这么做可能是出于嫉妒,嫉妒当年的无名小卒一路高升势不可挡,有些人以嘲笑他的爱情为乐。

这无疑是打击他那种无懈可击的成功的方式。他们当中的一个对此感到悲哀,他没忘记那天一个年轻的女金融稽查员对他说:"艾玛纽埃尔又去找他的老女人了!"

对布丽吉特而言,她享受在首都的生活,以及跟丈夫在

---

① 指英国。——译注

有时候是不可调和的。

在罗斯柴尔德银行，他对决策、权力有了兴趣，他是不坚定的社会党人，2006年才办了法国社会党的党员证。之后很长时间都没再换证。他讨厌开党会，但对党内各种最新消息和动态都会关注。毫无疑问，他显然不会像财政稽查总署部门的同事们那样，在银行过着悠闲惬意的生活，混上好多年。虽然他很快就经受了考验，但他的目光长远，在让-皮埃尔·茹耶的建议下，他已经瞄上了政治。并多亏茹耶的引荐，他才结识了弗朗索瓦·奥朗德，很快马克龙就给他送呈财经报告了。爱冒险的他慢慢进入角色。

不过索尔费里诺街①的总书记在民意调查中排名很后。在准备开始人生一个新选择的马克龙身上，这一点意味深长，就是这一次他看准了一个冷门人选。或许他认为一上来就选择支持一个最冷门的候选人更容易得到他的信

---

① 指法国社会党（PS），1902年3月由绕勒斯领导的独立社会党联盟、布鲁斯领导的社会主义工人联合会、阿列曼领导的革命社会主义工人党等合并而成的法国左翼政党。总部设在巴黎索尔费里诺街10号。——译注

任。"在选阵营的时候,弗朗索瓦·奥朗德和他之间还是有一点儿感情的。"马克·费拉西解释道,当一次在国际大学城散步的时候,艾玛纽埃尔把自己的决定告诉他,如今成了"前进党"就业培训工作组的负责人的他并不感到丝毫意外。

在2011年5月14日DSK[①]在纽约一个豪华套间里身败名裂之前,把宝押在奥朗德身上并没有很大胜算,他是不是已经嗅到了什么?这一次,他感觉政治向他张开了双臂。

读大学那会儿,马克龙1998年参加公民运动暑期班时,就被让-皮埃尔·舍韦内芒(Jean-Pierre Chevènement)这个人物深深吸引了。

后来,在勒图凯,他甚至尝试向一个昙花一现的"前景协会"靠拢,协会是由只做过一任的市政官员菲利普·科特雷尔(Philippe Cotrel)领导的,他是个右翼人物,这儿那儿

[①] 即多米尼克·斯特劳斯-卡恩,简称DSK,法国经济学教授和政治家。国际货币基金组织(IMF)第十任总裁,2011年5月14日,他涉嫌在纽约一家豪华法国旅馆试图强奸以及非法拘禁三十二岁的女服务员而被美国警方逮捕。——译注

的在几个集会和省里的会议中露过面。对他在蛋白石海岸的未来没有信心,于是离开了这艘"船"。地方上的竞争对手或许把他的竞选资格搅黄了,但他自以为在全国政坛上自己还是排得上号的。

爱丽舍宫为他提供了副秘书长的职位,跟尼古拉·雷威尔(Nicolas Revel)、作家让-弗朗索瓦(Jean-François)的儿子一起。他要竭尽所能凭借自己的特长、对经济方面的了解脱颖而出。只要有可能,他就会溜去参加欧洲各地的官方会晤。他这种猛刷存在感的做法已经让有些人感到不爽,但奥朗德很喜欢他,于是……

圣奥诺雷郊区街在远离金色天花板、绿色的决策大厅努力工作的小员工们① 都很喜欢他。很少有像他这样位高权重的人跟他们打招呼,就像他之前在巴黎政治学院跟负责传达联络等工作的办事员问好一样。

所有人都说他待人亲切,马克龙再一次表现了他的与众

---

① 圣奥诺雷郊区街 55 号是法国总统府爱丽舍宫。——译注

不同。他跟那些充满敌意、看不起平民百姓的政治高层圈内人一贯的腔调不一样。他喜欢从政，但体制夸夸其谈的一切也让他心灰意冷。

2014年6月，他离开位于爱丽舍宫的办公室，告别酒会的规格完全是部长级别的。"谁不认识艾玛纽埃尔·马克龙？"那一天奥朗德总统致意的时候这样问道，没想过几乎一个月不到，入主博沃广场①的马努埃尔·瓦尔斯②又向他推荐了这个人。当时总统正不得不马上找人接替咄咄逼人的蒙特布赫（Montebourg）。爱搞事的部长"不幸"提出一个充满挑战的复兴计划，让已经有些动摇的总统很没面子。

马克龙离开总统府成为日后蒙特布赫的接班人之前，已经在考虑下一步该做什么了。他在考虑是不是暂时退出政坛。他也已经谈好去赫赫有名的伦敦政治经济学院授课了。

---

① 指的是总理府。——译注
② 马努埃尔·瓦尔斯（1962— ），法国政治家，2002年当选法国国民议会议员，2012年5月以来任内政部长，2014年被奥朗德任命为总理。2016年12月5日，放弃总理连任，正式宣布参加2017年总统选举的左翼阵营初选。——译注

2014年8月底,马克龙还在勒图凯享受最后几天美好假期。他很喜欢在加莱海峡度假的老朋友弗朗索瓦-约瑟夫·弗里找到他,约他早上一起喝咖啡。有文学修养的金融家跟另一个和他志趣相投的金融家聊天。奥朗德的前顾问当时正想方设法请当年和他一起在爱丽舍宫工作的同僚出山,他的一个新计划已经酝酿得很成熟了。他想和宏观经济学、公共金融学的专家们一起发展一个研究协会。

他的想法是为研究机构和大公司提供强有力的分析库。而在国家行政学院读书期间有过一次去尼日利亚实习经验的马克龙对迅猛发展的非洲地区很感兴趣。"他已经在考虑进协会能取得的报酬问题了。"弗朗索瓦-约瑟夫·弗里说道。

从来不缺欲望和野心,"企业家"马克龙也在和朱利安·德诺曼底(Julien Denormandie),尤其还有非常年轻、低调的伊斯马埃尔·埃美利安(Ismaël Emelien)筹备一个"商业计划",前者是马克龙未来在贝尔西、之后在"前进党"的同路人,后者师从汉威士集团(前灵智整合行销传播集团)

总裁、马努埃尔·瓦尔斯的密友斯特法纳·福克斯①。

这个被人们称为天才的"孩子",之后在贝尔西为经济部长制定公关策略,再后来成为"前进党"。

他们的投资计划是创建一个国际数字化协会,在一个数字化学习的模式下学习语言和认证。

就在这个夏天,布丽吉特和艾玛纽埃尔在加利福尼亚待了几天。克里斯蒂安·蒙茹,预科班教过他的老师、英国文化专家,告诉他们几个阅读的小窍门,以及迷人的美国西部几个值得参观的博物馆。但马克龙并没有忽略工作,在这个先锋极客②云集的地方频频有约。又一个新世界向他打开。行动的章程已经准备就绪。

---

① 斯特法纳·福克斯(Stéphane Fouks, 1960—),法国公关顾问,汉威士集团总裁。——译注
② 美国俚语 geek 的音译。随着互联网文化的兴起,这个词含有智力超群和努力的语意,又被用于形容对计算机和网络技术有狂热兴趣并投入大量时间钻研的人。——译注

弗朗索瓦-约瑟夫·弗里就在他们相谈甚欢的当晚,"目瞪口呆"地得知,他的朋友接到了一通……总统府打来的电话!伊斯马埃尔·埃美利安也吃了一惊。从财政稽查总署办公室到罗斯柴尔德银行和爱丽舍宫,接下来将是贝尔西[①]!

[①] 法国经济部的所在地。——译注

大胆的人

马克龙号火箭喜欢彗星,他甚至在办公室挂了一颗。旭立彗星外形独特、深奥难懂,正是幻想翱翔于政治七重天的马克龙亲自挑选的。他口中不是常常挂着一句"*Sky is the limit*"①吗?

不过,在贝尔西,这颗彗星可不是昙花一现,它闪耀了两年多。

2016年8月30日,下午三点多。分歧旷日持久。经济部长刚刚向弗朗索瓦·奥朗德辞职,走出办公室。"你看到了,就在今天,我下定了决心。"他赶紧拿出手机给几个熟人发了短信。

---

① 英语:天空是你的极限,"前途无量""天高任鸟飞"之意。——译注

机器已经启动,火力全开。灯光下,航船正载着他们驶向另一种生活。与丈夫定居在贝尔西公寓里的布丽吉特·马克龙在摄像头下与内阁告别。几个小时后,在丈夫发表告别讲话时,摄像头依然盯着她不放。自此之后,她也将是"一颗新星"。

仿佛是为了缓和一下他们的疯狂举动,或假意逃离这台战争机器,她像往常一样,扮演的是他对立面的角色。她引用贝尔纳诺斯[①]的话:"最美的冒险,是文学!"

离开了经济部,他更加务实,同时也更充满战斗性地宣布:"在生活中,没有解决方案,只有前进的力量。"这其中已经散发出晋升的味道。

半年之前,艾玛纽埃尔·马克龙还显得有些好高骛远。孤军奋战,各种论坛、集会……之后是亚眠,7月12日,医保互助会的各种拖延。特立独行的他,在归顺到他旗下的一群民选代表面前,毫不含糊地宣布了他的意图。荷枪实弹。

---

① 贝尔纳诺斯(Bernanos,1888—1948),法国小说家、评论家,著有《一个乡村教士的日记》(1936)、《月光下的公墓》(1938)等。——译注

"想象一下,三个月以后,六个月以后,一年以后,我们会到哪一步?"他拔剑出鞘,结束了这次持续一小时二十分钟的第二场演出。

后台的"女教练"欣喜若狂,她已经让他反复排练过了。

无论初选能否获胜,他都要尝试。"我对他说,要么现在去,要么永远别去!"2016年夏末,朋友亨利·埃尔芒在最近几次访谈中透露。他相信他庇护的人注定要当总统。怀疑早已不合时宜,只有不愿看到这一点的人还在怀疑,以弗朗索瓦·奥朗德为首。直到最后,这位统帅也没有想到他"忠实的"受惠者会背叛他。

神童,奥朗德的朋友朱利安·德莱(Julien Dray)口中的"好男孩"和"老实人",甚至没有等到正式投票就要表明意图,要"杀死"这位已经被舆论淹没的"父亲"。他的行事方式异于常人,自然也不会像常人一样背叛。他是艾玛纽埃尔,不是犹大……

然而,虽然距离迈出政治舞台上的第一步还不到两年时间,马克龙部长已经瞄准了总统的位子。"社会党错就错在没有限制这个多面手的活动范围,轻视了这个才华横溢的银行家,这个年轻单纯、初入政坛的野心家。"他的朋友弗朗索瓦-约瑟夫·弗里指出。

阿尔诺·蒙特布尔则觉察到了危险,猛然觉醒。他甚至告诉马努埃尔·瓦尔斯,他很快就会被野心勃勃的马克龙赶超,马上就会。这个胆大狂妄之徒已经投身新职务,他的剑已出鞘。即使不少人已被他的夸夸其谈激怒,指责他背叛、忘恩负义和其他种种的声音如滔天巨浪,又有什么用呢?哪怕总理在讲话时不断遭到质疑甚至攻击,他依然到处重申"谁也不能临时仓促参竞"。为时已晚。

在贝尔西,初来乍到的他目光长远。财政部长米歇尔·萨班(Michel Sapin)曾听他谈论对欧洲的看法,但很快就被惹恼了,阿克赛尔·勒麦尔(Axelle Lemaire)也开始厌恶他的无所不能。马克龙还在不依不饶而且毫不避讳地请求弗朗索瓦·奥朗德做出有利于他的裁决。"只要没人喊停,他就会坚持到底,"劳工部部长米丽安·埃勒·库姆里(Myriam El Khomri)透露,"但他并不固执,甚至会听从劝告做出调整。在他看来,最重要的是保持政治上的勇敢。他讨厌有些人不具备这种品质。"

这位女社会党人在初选时支持的是马努埃尔·瓦尔斯,而不是"人民美好联盟"的马克龙,但她欣赏马克龙,而且不加掩饰。当她的法案屡屡遭到社会党反对者的激烈责难时,马克龙是极少数发来短信亲切慰问她的人之一。

载满货物行驶在塞纳河上,贝尔西因为有了这位船长而不再是一条平静的长河。尽管他有着无人能比的斡旋技巧,有着像从阿玛尼广告中走出来的年轻野心家的细长身材——这是共和党新领导人贝尔纳·阿夸耶(Bernard Accoyer)对他的指责,他和其他活跃在 Cacal+电视台① 上的人一样,与西

---

① Canal+(Canal Plus,在法语中的意思是"提供更多内容的电视台")是法国 1984 年 11 月 4 日开播的付费电视台。该台播出的大多数节目都是加密节目,但亦播出一些未加密的节目。——译注

里尔·埃尔丁（Cyrille Eldin）对答如流，但对要职过于渴望的他很快就学会了政治表演和诡计。他也一样不能免俗，也得有他的套路。

他的妻子眼里满是爱意，一遍又一遍地讲述她当部长的丈夫有多拼。政治的真面目让她如梦初醒，她惊叹："得争论五百个小时，才能让法案通过！"为使法案通过，马努埃尔·瓦尔斯决定动用宪法第49条第3款，马克龙认为这是一种人格侮辱，一种卑劣行径。据其亲信确认，年轻的马克龙对瓦尔斯没有深仇大恨，但心里确实有怨意，相信他最终会说服大部分的民选代表。"议会辩论的虚伪使他加快步伐走得更远。"朋友马克·费拉西认为。此外，部长还与法案审查委员会的多位成员结为了同盟。里夏尔·费朗（Richard Ferrand）、科琳娜·叶荷莉（Corinne Erhel）和克里斯托夫·卡斯塔内（Christophe Castaner）成了艾玛纽埃尔竞选总统的铁杆支持者。

一位部长震惊地发现，这位进步主义者还成功地对奥布里（Martine Aubry）的追随者施加了"巫术"，其中就有"前进党"的现任总书记里夏尔·费朗："他们全都坠入爱河了！"在某些议员看来，作为"马克龙法案"的总报告员，他不该保持稳重吗？

很快，人们开始指责部长越界了，指责他就公务员制度或三十五小时工作制发表的言论有失公允，哪怕这位候选人在那之后也学会了统一口径。他懂得通过这种方法检验舆论。因此，到期未换而没了社会党党员证的马克龙，开始从细枝末节去攻击左派的"图腾"。

试图既不得罪反对派又不得罪改革派的让-克里斯托夫·冈巴德利斯（Jean-Christophe Cambadélis），曾多次敦促马克龙提升在迷茫的活动分子面前的地位。但马克龙并没有把这些必经之举和权力机构的小把戏放在眼里。正如塞格琳·罗雅尔（Ségolène Royal）所言，无论是在他钟爱的勒图凯城，还是在权力的圈子中，似乎没有人会被他的"左派态度"欺骗。"无论如何他都不是左派，"与阿尔诺·蒙特布尔观点相近的一位贝尔西高官同样暴跳如雷,"我的一位朋友曾在国家财政稽查总署与马克龙共用一间办公室,早在2012年2月他就曾告诉我:'你打算投奥朗德的票,但我知道是谁在策划经济项目。在接下来的几年里你还会听到他的名字,他会走得更远。'但是他根本不想对抗财政部。恰恰相反!"

"几个月后,我向这位没被我拿正眼瞧过的同伴道了歉。"这位"法国制造"先生的支持者如今这样说道。

在任何情况下,艾玛纽埃尔·马克龙都会用尽一切办法,敦促内阁寻求最佳方案。"永远不要说:'我们从来没有这么做过!'"每当合作者提出一个困难,他都会这样去据理力争。

"我们有2000%的干劲,想要做出改变。他确实思虑细致,希望利用各种微观经济杠杆撬动社会,改变人们的日常生活,"一位前任内阁成员用真诚的口吻讲述道,"布丽吉特有时会扮演妈妈的角色关心所有人,老板则会巧妙安排,让手下'人人各尽其能'。"

他要创造一种活力，一种氛围。他还和一位女公关顾问分享对诗歌的热爱，她就预期的会见写了几行有感而发的诗，夹在他的记事本里。

已过而立之年的他对礼仪并不在乎。作为爱丽舍宫的总统顾问，他已经学会如何思虑周到，以便让国家元首组织的周一上午的严肃会议变得更加轻松。当他还是个微不足道的中学生时，这位不守纪律的同学就能活灵活现地模仿别人。当他不跟朋友费拉西比谁的修辞更别出心裁时，他会细细品味《鸭鸣报》上的文字游戏，从来不会拒绝课间休息时突如其来的挑战。人们见过他在圣奥诺雷郊区街55号的一间铺地毯的办公室里做了一组俯卧撑，那只是为了兑现跟一位同事打的赌……

国家行政学院的老同学、弗朗索瓦·奥朗德的公关顾问加斯帕尔·冈泽（Gaspard Gantzer）的办公桌上至今还放着一个马克杯，上面画着他和同伴马克龙肖像，写着"*punk is not dead*"①。

---

① 英语：朋克精神不死。——译注

被任命为部长时，他已经有了财政高层的经验，因此轻轻松松地就任了贝尔西的新职位。"他跟其他人的关系不是上下级的，"一位公务员回忆道，"他是以创业者的模式与合作者一起工作的。"这种著名的马克龙式"平级管理"，很有英国人的风格，受到身边人的交口称赞。尽管在实际工作中，他还是会经常独断专行。

他无疑是把他所敬重的保罗·利科的话当成了自己的座右铭："政治讨论是没有结论的，尽管讨论之后并非没有决定。"

米莉雅姆·埃尔·库姆里还记着她第一次和刚刚上任的马克龙一起出差的情形。那是 2014 年 8 月底，在马赛。她当时任负责市政的国务秘书，希望马克龙陪同她去介绍"企业和街区"相关的协议。作为多年前从基层当选巴黎第十八区的代表，她的出身跟同事马克龙大相径庭，她想近距离观察一下这位风云人物。

根据他在巴黎的前任助理安娜·伊达尔戈（Anne Hidalgo）的说法，全身心投入救助马赛市一个艰难的街区的工作并非索然无味。"很快他就如鱼得水，"她承认，"我看到他跟年轻人谈妥了一些事情。很快，他就想摆脱正式下访的条条框框，花足够的时间去深入了解。"经济部部长就是这样关心着各个领域的公共关系。一位曾在2015年11月参加"恐怖袭击后持续发展经济"小组的人也说他天生擅长和人打交道。"到场后，他与行政机构和行业联合会的五十多位代表一一握手。在到场的部长中，他是唯一一个这么做的。"

绝对自由是艾玛纽埃尔·马克龙的唯一指引，他忍不住打破所有的规则，只要能推动法案的进展，他觉得怎么样都行。此外，没有谁会像他那样，欢快地在其他部长的"花坛"里走来走去，在心里敲打着手机键盘，给那些对此感到不悦的人发一条挑衅的短信："抱歉，我的小宝贝！"但这种大大咧咧的做法也会让他行差踏错，尽管他不这样认为⋯⋯

2014年9月，刚刚穿上部长的制服不久，他在欧洲一台提到了菲尼斯太尔省朗波吉米利奥镇加德屠宰场被解雇的员工。在谈到各种困难，例如因为许可手续繁琐而难以实现岗位流动，以及难以转行时，这位"新手"说"大部分是妇女，其中很多不识字"。这些话引起一片抗议。银行家马克龙最终会改掉这种掩饰不住的傲慢吗？

莫尔莱市前任市长玛丽利兹·勒布朗舒（Marylise Lebranchu）心跳仿佛暂停了一下。就在九点半的部长会议前，这位政府同事接起了电话。"你伤害了别人，你知道吗？不应该把对局势的分析和探讨的方式混为一谈。"作为马克龙的老师、地方分权和公职部部长，她这样跟他解释道。

他听着这位经历过几届政府、对公共通讯陷阱一清二楚的人，没有发牢骚。"我对他说：'你得给《电报》①打电话道歉！'"玛丽利兹·勒布朗舒透露。在电话的那一端，艾玛纽埃尔·马克龙或许会有些天真地辩解："但是，我并没有羞辱的意思……"

---

① 《电报》（*Le Télégramme*）是法国布列塔尼的当地报纸。——译注

认错书的确刊登了,这或许是第二场论战的预兆,这一次发生在去年一月访问上法兰西大区,他揭北方人的短的时候。

虽然说的是事实,但实在不堪入耳……最后,马克龙还是勇敢地承担了傲慢带来的后果。勒布朗舒是玛蒂娜·奥布里的女友,在国民议会是最后一任任职,她用一句辛辣的话总结了"加德事件":"光优秀是不够的。"

学生并不怨恨他的一日之师,依然像以往一样尊重师长。很久之后,玛丽利兹·勒布朗舒和女儿一起偶遇马克龙。"你母亲可不是个阿谀奉承的人!"他脱口而出。

加德事件让他明白,有时候人们赢就赢在精心修炼文笔,使其通达流畅。这阻挡不了新一场论战的到来。在他出访埃罗省时,他反驳一名罢工者的时候抬高了声调,说他银行家的制服是因为量才录用的体制和努力工作而得到的。

无论蔑视还是挑衅，法国人还是惊奇地发现了他"未确认的政治目标"。他涉及的话题都是意味深长的，尤其是他想简化规章严明的行业（律师、药剂师、公证人……），或者增加商店周日营业的许可，这些话题将他推到了舆论的风口浪尖。

"他在所有的空格里都打了勾，"哈里斯互动公司（Opinion d'Harris interactive）民意部主任让-丹尼尔·勒维（Jean-Daniel Lévy）解释道，"他年轻，目标明确，以个人名义行事，不属于任何党派。购买力低下的法国人首先看到的是马克龙这辆大车对他们的钱包产生的立竿见影的效果。年长一些的选民则认为可以在经济上多冒一些险，从而提高竞争力。"

这个两年前还默默无闻的人，因为控制了舆论而欣喜不已。"才花了两个月时间，他就让包括瓦尔斯在内的其他所有政治领导人在他面前显得平庸过时，"科尔多省的一位支持者弗朗索瓦·帕特里亚（rançois Patriat）坚信，"他意识到了自己给人的感觉，明白了他有从政的命。"

自一项法案以他的名字命名之后，他迫切地希望自己更加为人所熟知。为此，他还向伊斯马埃尔·埃美利安询问了哈瓦斯集团的总营业额，邀请他到贝尔西来担任顾问。他还增加了几位新闻专员。一切都不是偶然。

若说他的国际形象需要得到认同和巩固，他也并没有舍近求远，而是非常重视当地的媒体。一切都在他的控制之下。"他从来不拒绝我们对他进行政治采访，"《北方之声》(*La Voix du Nord*) 的记者奥利维尔·梅尔兰（Olivier Merlin）讲述道，"但是有一天，一位当地记者拍到夫妻二人在勒图凯海滩的照片，想联系他们写一篇文章。文章发表的第二天，内阁立场坚定地告诉我们，以后不准再涉及这个话题。"政府的公关部门可不是好惹的，每个细节都很重要。

年轻马克龙的"地位"越来越高。从 2015 年秋天开始，他开始为放飞自我而努力。

在当年年底为合作者举办的小型酒会上,他不算非常明确地描绘了期待中的新前景。距离他第一次在贝尔西奋战只过去了一年半时间。"前进运动"的框架还不够具体。但是部长已经知道,在不远的地方,围墙外正在开展伟大的"前进"。正如他在金融界的朋友所言,这依然是"冒险者"的前进。

11月的恐怖袭击事件使这种欲望加速并成形。12月,马克龙在为贝尔西连轴转,也是为他自己奔忙。"前进运动"已经萌芽,动员小组聚集在部长及其妻子周围,尽管这个未来的团体尚未命名。

一天,在卢浮宫金字塔对面的马尔里咖啡馆——那是夫妻二人喜欢的地方,马克龙偶遇了看重"生意"的苏菲·德·蒙通(Sophie de Menthon),后者正在那里和家人共度美好时光。马克龙毫不掩饰地敞开了心扉,他曾在爱丽舍宫接待过这个话多而且不知悔改的女人,知道她对政坛八卦从来都不会吝惜口水。他怎么不知道她会把消息散布出去呢?

"他说得很清楚,在我看来,他巴不得有人把消息散布出去,"人口规模、独立和增长企业联盟(Ethnic)的主席表示赞同,"他直截了当地谈到了他想当总统的抱负,谈到了他要做的一切。他想做的这一切,不久就得到了证实!"自由派的她说到这里还觉得有点儿匪夷所思。此外,她看到这对夫妻"手挽手"走过来时被迷住了。部长的蓝眼睛紧紧地盯着谈话者,仿佛其他一切都不存在,这一点也把她迷住了。但在之后,投身运动的马克龙变得越来越远离自由派了,甚至试图将左派据为己有,这一点激怒了她。

2016 年春天,在他和布丽吉特组织的晚宴上,夫妻二人不再隐瞒他们征服的欲望。尽管传言与日俱增,弗朗索瓦·奥朗德依然坚决否认。

2015 年秋天,他完全信任自己的部长,在面对记者热拉尔·达维和法布里斯·洛姆①时，还要求受他保护的马克龙忠心不二。"艾玛纽埃尔·马克龙不是一个虚伪的人，他要求部门为他个人服务。他也不是一个会受人挑拨行事的人。但是他不了解媒体和政治生活的规则。""他并不奸诈，"在被《世界报》的两位记者采访时，国家元首依然固执己见，"他可能有些鲁莽，但并不奸诈。""事实上，鲁莽经常是政治生涯最好的解释。"他平静地理论道，相信自己的判断。

瓦尔斯夫妇也坚信部长不会贪最大的功。面对丈夫帮忙推到台前的这个人，安妮·葛拉婉（Anne Gravoin）表现得很宽容。"她重复说这棒极了，但到了 12 月，就是另一套说辞了！"这对夫妻的一位朋友回忆道。总统也在继续因为过度信任而犯错。他一向以足智多谋而出名，在这件事上却天真得令人震惊。他深知如何掌控他人，将其玩弄于股掌之间，懂得何时应该脱身。2006 年的教训本该给他提个醒的。他当初不是同意塞格琳·罗雅尔参加社会党初选吗？他最希望的

---

① 热拉尔·达维（Gérard Davet）和法布里斯·洛姆（Fabrice Lhomme），"总统不该这么说……"，《五年任期内的秘密》，斯托克出版社，2016 年。

是挡住老将法比尤斯①和多米尼克·斯特劳斯·卡恩的道路，在他们的地盘上这两人最有优势。但在社会党中，没有人认为她是"他的造物"，最后她也脱离了他的控制。作为第一书记，社会党小木偶的第一操纵者，他自此不再牵线。

十年之后，到了艾玛纽埃尔·马克龙这里，剧情又演不下去了。塞格琳·罗雅尔没有看错。她好心又好玩地看着这个胆子大到没边儿的男孩子或多或少偏离了他的控制。

弗朗索瓦·奥朗德拒绝承认他的"宠儿"自我放飞的行为，甚至到了装糊涂的地步，哪怕是马克龙在2016年4月建立"前进党"时。这个名称让人不再有怀疑的余地。

无论马努埃尔·瓦尔斯怎样比画、斥骂，要求总统惩罚狂妄的马克龙，全都无济于事，弗朗索瓦·奥朗德对总理的愤怒充耳不闻，拒绝相信他不祥的预言。他是不是希望两个人对着干，他好坐收渔翁之利？

---

① 洛朗·法比尤斯（Laurent Fabius，1946—　），法国社会党政治家，曾任法国总理（1984—1986），法国国民议会议长（1988—1992、1997—2000），法国社会党第一书记（1992—1993），法国经济、财政和工业部长（2000—2002）。——译注

他想效仿弗朗索瓦·密特朗，津津有味地品尝这道美餐，看着他们的野心互相碰撞、互相斗争、互相抵消。因此他只听到了年轻的经济部长附在他耳边说的知心话。他发现，这个热情的小伙子总是能通过深思熟虑过的俏皮话缓和气氛。

奥朗德被他迷住了，也被布丽吉特·马克龙迷住了，被这对让他猜不透的夫妻迷住了。刚上任那会儿，他不就已经欣赏过爱丽舍宫这位年轻顾问的机智应答的本事了吗？2012年5月中旬，在柏林，在安格拉·默克尔（Angela Merkel）的餐桌上，据《观点》周刊报道，艾玛纽埃尔·马克龙优雅地嘲笑了德国总理的厨师长，说曾在巴黎实习过的他应该再去一次！

他的无礼把总统吓到了。"他希望与艾玛纽埃尔建立起一种情同父子的关系，就像他以前跟弗朗索瓦·密特朗一样。"一位部长叹息道。

眼下，在2016年春天，马克龙还在努力让他安心。在友好的会面中,马克龙不断发誓,说他的运动只是为了吸引犹豫不决的人,是一种吸引那些早就不再投票的人的方式,是某种民众组织,目的是为气喘吁吁的共和国输氧。

热拉尔·科隆博[1]、弗朗索瓦·帕特利亚和里夏尔·费朗等政要的到场也没能引起国家元首的警惕。

他没看到这个炽热的煤球正在滚来,直到2016年8月底部长向他请辞。

---

[1] 热拉尔·科隆博(Gérard Collomb, 1947—),法国政治家,曾任内政部长和里昂市市长。——译注

势不可挡的晋升

啊，经济部的大门刚刚关上，准竞选人的美好形象就展现在众人面前，在香槟沙隆初尝"马克龙总统"的滋味，在被他的狡猾行径所震惊的奥朗德支持者的一片愤怒中宣誓。距离马克龙决定建立一种以他的名字首字母命名的机构已经过去几个月时间了。

2016年11月6日，在他的故乡亚眠，"前进党"宣布正式建立。在那里，面对布丽吉特和一群朋友——媒体被谢绝入内，经济部长承诺建立一种全新的政治机构。"我认为，通过这项运动，我们可以重建基业。"

伟大的前进已经确定，志愿者们将去联系选民。目标：十万次会面。

"好,他发明了挨家挨户宣传的模式,天才……!除此之外呢?"关于马克龙现象的文章很快铺天盖地,激怒了瓦尔斯的一位支持者,他讽刺道。当年,塞格琳·罗雅尔确实曾采取过一种民主参与的形式。很久之前,贝特朗·德拉诺埃和安娜·伊达尔戈就已经在巴黎大力推行过了。

尽管被这些政要嘲笑,马克龙依然在开辟他的道路。上千份按规定填好的问卷发回到巴黎,通过软件进行处理,提取出关键词。这种方法经得起考验,贝拉克·奥巴马在第一次成功竞选时就曾用过。"我们的出发点是必须停止像照看婴儿一样对待选民,"罗纳河口省的前进党协调人科琳娜·韦尔西尼(Corinne Versini)讲述道,"要让他们说出哪里出了问题,并作出诊断。"

声势浩大的前进结束后,工作人员在总统竞选过程中都是在咖啡馆见面,或者在志愿者自己的公寓中。在那里会经常见到政治新手,以及一大群年轻人。有的提议关注点非常独特,例如组织公民下午茶活动,或是创办制作简历的工作室，也有提议是从更有野心的集体视角出发的。

"我们没有场地，但只要我们消费，酒吧就允许我们在那里集会。"马赛"基因墨水"生物技术公司的老板、马克龙运动的当地负责人开玩笑说。专家们集聚一堂，为未来的总统候选人提供健康、税制、可持续发展等方面的概要和具体建议……

有的人被起初的冒险所吸引，后来就疏远了。主张介入的小说家亚历山大·雅丁（Alexandre Jardin）就是其中之一。"我一开始曾相信他有超越体制的愿望。"他说。前进党的候选人无疑让他失望了。"我是根据实际行动来判断政治家的，"他坦言，"如果他们什么也不为别人做，我是不会相信他们的。让-路易·博洛（Jean-Louis Borloo）任市长期间做了一些事情。他任部长时就曾支持全国城市翻新总署，这个机构确实重建了一些街区，如今他正在为非洲电气化做一些非常具体的工作。我没有告诉艾玛纽埃尔我疏远的原因，我想他已经明白了。"

距离投票日期越近，这位坚持不懈的革新者就越吸引人。

"你在跟马克龙搞什么？"

拉玛·亚德（Rama Yade）把这条短信发给了法兰西岛前一任当选者，她跟这位共和党人很熟。他叫帕特里克·图尔梅（Patrick Toulmet），是塞纳圣德尼省行业协会会长，对艾玛纽埃尔·马克龙"一见倾心"。作为萨科齐的前任女顾问，刚刚从阵营中逃脱的拉玛·亚德当然是不怀好意地看着这些人集结在一起，尤其是看着这位政坛青年以自己的方式剽窃了他的竞选口号——"一个勇敢的法国"。

按照夏琳·凡霍纳克诙谐的说法，如果马克龙多少带着新意的总统规划是一个接一个慢慢出现的，这个如有天助的人想出的项目不比"一台洗衣机"的程序多，那也就没什么大不了的。

马克龙自己也觉得法国国内广播电台这位谐星别出心裁的比喻很有趣。尤其是因为那里集合了各种各样的人——对四分五裂的右派绝望的人，落败的瓦尔斯的支持者，同样落败的朱佩的支持者，进步的环境保护主义者，甚至还有一些不知所措的勒梅尔的支持者。当然，他的十六万前进党党员在距离投票三个月时就开始行动了。应该说,"只需要三分钟",甚至不到一分钟,他们就能把你变成前进党的党员!

然而,这位使者尽管在广阔世界中到处向人请教,包括多米尼克·斯特劳斯·卡恩,却难以使其运动走向正轨,为未来的议会招募子弟,与人数更多但和重振民主大旗关系不大的组织合并。如果不是贝尔热、明克和阿达利这些显贵,就是勒帕热夫妇、库什内夫妇……

这些人物曾经支持过很多人——三十九岁的前任部长声称要清理他们的旧世界。不用说还有这些社会党议员,他们对贝诺瓦·阿蒙(Benoît Hamon)无可挽回地获胜后四分五裂的左派感到担忧,已经准备辞职。

不久前,马克龙这台已经磨合得很好的机器,往好里说是略显放松,往坏里说则是没有准备。2016年秋天,在申请竞选最高职位时,他甚至是在即兴发挥。第一次去马赛竞选造势结束时,他在市中心组织了一场晚宴。该省的前进党协调人选择了拉维拉餐厅。当地的企业和团体的领导者集聚一堂。当夫妻俩准备落座时,邻座的萨布丽娜·鲁巴什(Sabrina Roubache)把布丽吉特·马克龙喊了过去。她是《马赛》的制片人之一,该系列由热拉尔·德帕迪约(Gérard Depardieu)和贝诺瓦·马吉梅尔(Benoît Magimel)主演,由奈飞[①]电视台播出,是在马赛拍摄的。

"我今晚上本来要跟爱人一起度过的,但我们更想来见见您。但他坐在桌子的另一头,您却可以在丈夫身边用餐。"这位光彩夺目、素来快言快语的年轻女人直言。没关系,布丽吉特提议当场打乱原来的安排,让她坐到自己的伴侣、法律教授让-菲利普·阿奎斯提(Jean-Philippe Agresti)旁边。僵局被打破了,话题自然很快转到了教育。

参选的马克龙夫妇很想知道马赛的贫困街区的特点。萨

[①] 奈飞公司(Netflix)成立于1997年,联合创始人和首席执行官为里德·哈斯廷斯(Reed Hastings),以在线订阅模式开展的电影DVD租赁业务风生水起、惹人注目。这家美国网络流媒体服务商凭借高端自制美剧和突破性的排播冲击着传统电视平台的优势。——译注

布丽娜·鲁巴什出生于菲利克斯-皮亚城，那是"欧洲最贫困的地区之一"，她表示。制片人向他们解释，她想在这些贫困的街区创造工作岗位。拍摄电视片就是一种方式，因为很多门槛很低的小行业都可以参与其中。从头盘到鱼端上餐桌，布丽吉特·马克龙已经形成了自己的看法。她坚信，这些身处困境的年轻人也有学习艰深课文的权利。向低看齐不会产生任何好结果，应该相信年轻人，让他们培养对工作的兴趣。就像他参加竞选的丈夫一样。晚宴结束了，所有人都以你相称。

过了一些日子。萨布丽娜·鲁巴什接到一通电话，是只在那晚餐桌上见过一次的那对夫妇打来的："我们想邀请你到现场来参加艾玛纽埃尔在凡尔赛门举行的第一次集会的开幕式。它无疑将是竞选过程中最重要的会议之一。你不一定非要答应。无论如何，我们都会是很好的朋友，以后也都会是。"丝毫没有命令的口气。"你想说什么都可以，谈谈你自己，把你想传递的信息说出去。"艾玛纽埃尔简单地插了一句。

在距离这一重大活动还有十天时，萨布丽娜·鲁巴什给他发了几份笔记。11月10日，这位政坛新人与前进党的二号人物里夏尔·费朗以及前任部长雷诺·杜特雷尔一起来到了凡尔赛门。完全的"自由风格"，她今天微笑着说。这个术语很适合总是急于打破规则的竞选冠军。

这个以你相称的人用尽所有力量，想使一切焕然一新，摆脱一切限制。在这种一贯温文尔雅、这种真实可感的混乱之后，艾玛纽埃尔的真面目是什么样的？

尼古拉·萨科齐也能无可比拟地控制着他的世界，他会拍拍别人的背或把手搭在别人的肩上。或许这解释了他粗鲁的性格，这是有时一眼就可以看出的小细节。

作为一个规规矩矩的年轻人，马克龙有着无限的激情，话很多，涉及的内容很广，但很少表明意图，而且绝对不会泄露自己的感觉。矛盾的是，他"看待女性的方式与其他政治家不同"，这让一位社会党女当选者十分震惊。这并不是说，她觉得政治家有时会用下流的目光看待女性，或者经常以厌恶的目光看待她们，后一种已经变成习惯了。而是说，她觉得当马克龙在为法案据理力争时，他接近国民议会女性的方式是与众不同的，与上流权贵的习惯做法形成了鲜明对比。"他有着超越性别的一面。"她直言。

男性也这么觉得。"他不会一直看着她们。"跟随他的一位记者语气坚定地强调。一位社会党领袖直截了当地说："他没有感情。"说到底，他是用弗朗索瓦·奥朗德克隆出来的？他总是急于吸引听众，让他们为他迷醉，内心却冰冷得可怕。

当艾玛纽埃尔最终看到讲述他们生活的第一部影片时，他在布丽吉特耳边说了些什么？"当时距离在电视上播放只有两天。"皮埃尔·于雷尔提到，这对夫妻应邀来到巴黎奥什大街的一家小影院，影院是克洛德·勒鲁什[①]的。当时这位前任部长刚刚宣布他对总统之位的热情。大象公司（Éléphant & Cie）的总裁艾玛纽埃尔·尚（Emmanuel Chain）、制片人贝

[①] 克洛德·勒鲁什（Claude Lelouch，1937— ），法国著名导演。——译注

阿特丽丝·舍恩贝格（Béatrice Schönberg）、总统候选人的新任公关负责人西尔万·弗尔（Sylvain Fort）也都在场。夫妻二人坐在第一排，正对着银幕。其他人都坐在后面。布丽吉特看上去很感动，她的丈夫则平静得多。在任何情况下他都不会表露情绪。

大屏幕上出现了亲爱的外祖母梅尼特已被遗忘的老照片，他显然看到了，看上去很开心。时隔多年，他又一次看到了在"天意中学"遥远的舞台上，他在老师的指导下出色地扮演"稻草人"。

放映结束后，他没有作出任何发自内心的评论，反而询问了作者对这部纪录片是否满意！和气的马克龙从不表露任何感情，这一点可谓无人能比。

这种沉着经得起任何考验。还是在同一时期，2016年11月底，巴黎泰尔讷大街FNAC公司[①]的二十几名员工骂了他

[①] FNAC是法国知名的文化产品和电器产品零售商（全称：Fédération Nationale d'Achats Cadrés，意为"国家经理人采购联盟"）。该公司成立于1954年，在数十年的发展中创造了独特的经营理念，连锁店遍布法国各地。1994年，FNAC并入PPR集团。目前，该公司经营的业务涉及电子产品、文化音像制品、家居和厨具等。——译注

将近两个小时。这位"革命者"是来这个富人区给他竞选的宣传书签名的。"马克龙骗子!""银行家都该进监狱!""马克龙,要是你知道你领导的革命会将大家置于何地!"这些人用扬声器喊道。当这些煽动者大声喊着口号"五十岁退休!"时,他对着面前的一堆书,有些讽刺又有些高傲地嘀咕道:"他们,他们什么都懂!"

经济部前任部长在一片嘈杂中冷静地签着名。他把书递过去,跟每个人握手,有时问一些关于他们的生活和工作的问题,在书上写着热情洋溢的题词。他经常给完全不认识的人提"献上我的一片真情"这几个字,然后飞快地签上他向上斜的名字。

跟青少年时期一样,他讨喜,但很少有亲密的朋友。"他朋友不多,是因为那需要投入感情。"与前进党关系亲近的蒂菲娜·奥齐艾尔纠正道,她不明白那些与继父针锋相对的人在怀疑什么。

"他的个性会让人产生很多幻想和疑问,人们一直都在窥探他的乐观背后掩藏着什么,"她吐露,"但他天生就是这样,尽管在受局势所迫或家人被攻击时,他也可以显得非常坚定。"

他天性活泼,夜里睡得很少,入睡前他会用滔滔不绝的手机短信把所有人,亲近的,不那么亲近的,都淹没。"在十二点到凌晨两点之间,就像放烟花一样。"他们异口同声地说道。

他不会忘记时不时地对谁说一句暖心的话,像有的人那样平淡地维护着关系网。穿着运动衫走在勒图凯海滩上时,部长也丝毫不介意跟一个当地的熟人谈论……减少国家给地方的拨款的事情,花了一个多小时,这么多时间让后者几乎都不好意思了。

"艾玛纽埃尔处境艰难。"他的盟友,布列塔尼市议员科琳娜·叶荷莉进一步指出。这个年近四十的人的好意惹怒了不止一个人,他们觉得这种好意中有虚假的成分——他们知道,掌权者深谙此道。"实际上他个性很强,可以不知不觉地吸引别人,把所有人都迷住,做起事情来如鱼得水。"上阿尔卑斯省议员卡琳娜·贝尔热(Karine Berger)斥骂道。她看到，尽管这位银行家曾多次因为在国外"交易"而缺席，但他和菲利普·阿格因（Philippe Aghion）等经济学家一起依然在为候选人奥朗德的经济项目而不懈努力。

他在国家行政学院的老同学和社会党议员朱利安·奥伯特（Julien Aubert）没有多说什么。事情与他想的完全不一样，这位学生想知道跟他同一届的这位"光彩夺目"的同伴"手里到底有多大权力"。尽管他们在斯特拉斯堡小法兰西的河岸边举行了友好的酒会，这位政治家望着水流总结道："艾玛纽埃尔是个弄潮儿。""一个随和但孤独的家伙，总是与别人保持距离。"沃克吕兹省的当选者也指出。

帕特里克·图尔梅也是马克龙的信服者，无论在感情上，还是在政治上。前进党的全国代表没有忘记部长当时对他的关注。当这位人民运动联盟的老战士坐在轮椅上时，人们看到，没有人能像他那样，关注日常生活中大大小小的烦恼。"你是这么做的？你是这样的？"他疑惑地问"不会为任何人所动的"马克龙。部长邀请他来贝尔西是想了解更多关于学徒制的情况，并和他交换意见。图尔梅对这些问题了如指掌。

他喜欢艾玛纽埃尔，喜欢他的智慧，也喜欢他"拉伯雷式的表达方式"。他见过很多很多政治家。但他承认,马克龙"与众不同"。有一天,这位曾近亲身经历过孤独症之苦的前任地方顾问把总统候选人带到了瓦兹河谷省一家接纳病人的疗养院,但没有邀请媒体,也没带摄像机。马克龙夫妇在那里待了三个多小时,理解、倾听他们。艾玛纽埃尔心绪烦乱。"我这么做并不是为了考验他;但从他的目光来看,我知道他没有作假。"他提议让布丽吉特和蒂菲娜去他在博比尼创建的培训中心看看,那里有博士也有没上过学的,学徒们经常是零起点。马克龙的妻子很好奇,很想去看看。

马克龙已经穿上灰色的竞选服,有时会收起刚刚泛起的微笑,扮演(或收起)"好男孩"的角色,这话是某次出访中一位农民对他说的。

"跟他在一起,人们感觉到被倾听。他不是一个冷漠的动物;我遇到过那么多自恋的人!"前进党人雷诺·杜特雷尔证实道,他曾经历过希拉克政府,近几年在美国为奢侈品巨头路易·威登工作。

在好友马克·费拉西的口中也得到了同样的肯定,他二十多年前就认识了这个"人物":"那些觉得他像那喀索斯①一样自恋的人都错了。"

去年12月,在凡尔赛门第一次彰显实力时,这个"冷漠"或温和的"动物"不是比任何人都激动吗?面对几千位新信奉者,他双手交叉,仿佛在祈祷,有时把肘部支在桌子上,这样说话会显得更有分量、更加庄严。当提到在摩泽尔省某个棘手的街区遇到的一位小姑娘时,他的眼眶湿润,激动得声音发颤。她告诉他,以后想当翻译,不是为了旅游,而是为了帮助妈妈理解周遭的世界。

这位戏剧演员精心掌控效果,让所有人感同身受,沉浸其中。然后压轴戏来了。他如基督一般,张开的双臂,像一个十字架,声调越来越高,一度失声。社交网络和说唱艺人争先恐后地画漫画来讽刺他……把他画成站在泰坦尼克号船头的莱昂纳多·迪卡普里奥②——更有甚者,把他画成正在变声期的青少年或者被剥皮的猫。

---

① 那喀索斯是希腊神话中对水中自己的倒影发生爱情、憔悴而死的美少年,死后变为水仙花,后用来代指自恋的人(男子)。——译注
② 莱昂纳多·迪卡普里奥(Leo-nardo DiCaprio, 1974—):美国影视演员、制作人。主演过《罗密欧与朱丽叶》《泰坦尼克号》《了不起的盖茨比》《华尔街之狼》等。——译注

连他妻子的家人最后也嘲笑他了:"马秋·马德尼昂(Mathieu Madénian)戏仿了那些挨家挨户宣传的前进党志愿者,他们像艾玛纽埃尔在演讲最后那样号叫,好笑极了。"蒂菲娜·奥齐艾尔讲述道。

嘲笑又怎样,这次集会给人留下了深刻印象,震惊并从此征服了舆论界。

由于形式透明……或者说难以捕捉,很多人觉得政治的界限一下子变得模糊起来了。攻击从来不缺角度,但他懂得扮演左派、右派、中间派……总之,哪个战线都行。所以,他没那么简单。玛丽娜·勒庞(Marine Le Pen)见他 11 月中旬还未出现,轻而易举就放松了警惕。"他参加竞选不会妨碍到我。"在其竞选总部,国民阵线的女主席私底下评论道。

2017 年初,当民意调查预测她将与他展开第二轮决战时,这句话的意义就变了。这颗明星种子被比作贾斯汀·比伯[①],而且在国民阵线党成员看来,马克龙简直是被贬低的人

---

① 贾斯汀·比伯(Justin Bieber, 1994—),加拿大歌手,2008 年贾斯汀·比伯被其经纪人斯科特在视频网站 YouTube 发现,随后被亚瑟小子培养进入歌坛,很快风靡全球。——译注

民运动联盟的完美化身。银行家的朋友,"为金钱服务的左派",甚至出现了政治与金融勾结的征兆。如果他身边集结了一群富人,"这是事实;但他不是为捍卫金融阶级才在那儿的",2016年夏末,离开蒙特布尔阵营的议员阿尔诺·勒鲁瓦(Arnaud Leroy)为他辩解道。

"他很擅长抹去自己的真实面目:国家行政学院学生、高级官员、财政稽查员。他进入私企不过三四年时间,却被当成企业家!"共和党议员、右派初选的组织者蒂埃里·索莱尔恼火不已。

奥朗德政府的一位部长则对他如变色龙似的一面表示愤怒——到了里尔就引用皮埃尔·莫鲁瓦[①],出访讷韦尔就引用密特朗。此外他还是一个"了解竞选的狡猾行家,跟前任社会党主席一样对最微不足道的外省民选代表了如指掌",还有点儿糟的雷诺·杜特雷尔讲述道。"没有人能总结他的政治观点,"这位社会党领袖抨击说,"这是一位优秀的艺术家,他

[①] 皮埃尔·莫鲁瓦(Pierre Mauroy,1927—2013):法国社会党政治家。法国社会党第一书记(1988—1992)、法国总理(1981—1984)和里尔市长。——译注

的戏自一开始就演得十分出色。"

他在亨利四世中学的老朋友布里斯似乎也就坊间的批评发挥了一通："他难道不是像很多人那样，为了向上爬可以不择手段？他那么精明。他的力量来自语言；他狡猾到随便哪段演讲都可以信手拈来。"总之他是在演一个角色。在看了《流星的策略》(La Stratégie du météore) 中的自己以后，艾玛纽埃尔·马克龙不是悄悄向亲信说，他害怕别人以为他在演戏？

2月初，距离他人生中的第一个角色——谁知道呢？——或许不远了。所有人或者几乎所有人都嫉妒他。弗朗索瓦·菲永的地狱之季出乎意料地推了他一把。他知道要坚持住，要战胜那些右派当选者恶毒的攻击，他们指责爱丽舍宫的主人为了支持马克龙而参与了反对菲永的阴谋。还要战胜克丽斯蒂娜·托比拉（Christiane Taubira）的敌意，马克龙在年轻人中的影响力让她目瞪口呆，还有被社会党掌控的竞争对手的敌意。刚刚就职，贝诺瓦·阿蒙（Benoît Hamon）就劝他保持理智，不要跟在那些"受到体制恩宠的年轻猎豹"

后头。马克龙这头野兽将用更激进的方式,去履行他向全国人民许下的承诺。

他要塑造更加美好的形象,就像他作品封底的照片一样光滑平整。埋葬不久前论战中最后的瑕疵,让那个谣言永远消失,然后再驱除其他的,毫无疑问。这就是一位"正常"竞选人的生活。

疯狂的流言

艾玛纽埃尔·马克龙知道，从今往后，他的生活要被盯上了。2016年5月31日，调查网站（Mediapart）和《鸭鸣报》报道称，马克龙部长低估了自己的财富，实际上，他的财富已经超过巨额财产税的门槛。前往瓦朗谢纳的间隙，面对提问，马克龙反驳道："我不是任何经济复兴税收法案的目标，显然我和某些行政部门或某些负责人决定的做法相反，我不打算在你们面前打破有关我个人税务的秘密。"

很快，这位贝尔西的政要补办了手续。但是，他意识到此后自己将成为权贵们攻击的对象。他在镜头面前补充说："要知道，我可不傻。最近几天，涌现出太多各种各样的消息，想让我变得不安、变得脆弱，以为这样或许就能抹黑我。我没那么天真……生活中没有巧合，总之，我什么都不相信。"

《观点》周刊报道，马克龙的一位亲友甚至认为在夏天之前，也就是前进党成立之时，自己就已经被马努埃尔·瓦尔斯的人盯梢了。几个月后，2016年9月，艾玛纽埃尔·马克龙一离开内阁就在《快报》上反复解释，再一次将自己放在受害者的位置："我感觉有些人已经准备要把我抽干了。我不知道有几个三十八岁的人，他的私人生活、家庭生活、财产会被这样曝光。"

　　这个圈子的暴力的确令人狼狈不堪。由助手陪同的米丽安·埃勒·库姆里①不会忘记在贝尔西与马克龙夫妇共进午餐的情景。他们同病相怜。当时到处都在议论库姆里的《劳动法》，此前，她女儿就读的学校门口就举行过抗议。在她住所的信箱里还发现了一张纸条，上面写着"肮脏的阿拉伯人"。米丽安·埃勒·库姆里说："面对这种事情，我们势单力薄。那次会面我们相谈甚欢，谈到了人与人之间彼此留一点儿善意的空间有多重要。"

　　马克龙夫妇很快就知道政治生活是怎么回事了，其中充

---

① 法国当时的劳工部长。——译注

斥着媒体及时爆出的真实信息，当然也少不了暗流涌动的流言和窃窃私语。

那些眼红上升劲头势不可挡的前任银行家的人，开始在巴黎晚宴上声嘶力竭地贬损他。

有人认为马克龙和布丽吉特结为夫妇不过是个掩护。比起女性，他更喜欢男性。甚至还有人进一步认为，马克龙和法国电台老总马蒂厄·加莱（Mathieu Gallet）交往过密。一样年轻的外表，一样食肉动物般的微笑，一样的野心，一样急于求成，穿着合身的西服一样的风度翩翩，这两个人应该在一起了：难道没听说一个朋友的朋友看见公共部门的电台老总坐车来贝尔西吗……而且是夜里十一点吗？一些同性恋者已经在晚宴上表示愤慨了："如果这是真的，他最好不要成天秀恩爱了，因为很快就会被打脸，那将是他自找的！"

2016年5月，尼古拉·萨科齐向《观点》周刊谈到马卡龙的时候，别有用心地说了一句很暧昧的话："你们让我怎么想？他玩世不恭，有点儿像男人，又有点儿像女人，这是当今的潮流：雌雄同体。马克龙之所以吸引你们，是因为你们总是喜欢那些无需让你们进行选择的人。"

对于那些力求政治"优步化"的人，马克龙有"新绅士"的一面。马克龙团队揭发了一位负责为前总统竞选筹集资金的巴黎商人。这个人也是国家行政学校毕业，在财政稽查署任过职……跟马克龙一样，但是比他早了二十年。这位经验丰富的说客、公开的同性恋者，将流言传至巴黎的大小晚宴。不管怎么说，"同志们"为这一所谓的被掩盖的事实感到欢欣鼓舞，就像媒体瞎写的那样。

初夏，艾玛纽埃尔·马克龙受不了了。他接近前总统的朋友，好让他传个话，这一切都应该停止。2016 年 7 月 7 日，在荣军院的前院举行米歇尔·罗卡尔（Michel Rocard）的追悼会，对马克龙来说，这是他碰到有散播流言之嫌的尼古拉·萨科齐并就这一话题聊几句的机会。

有了这些流言蜚语后，狗仔队从此就不再放过马克龙这个猎物了。2014 年 1 月，《近距离》①（Closer）上刊登了几张

---

① 英国一本八卦杂志，主要提供名人新闻八卦、真实故事、时尚、娱乐等资讯。杂志有英语和法语两种语言版本，英文版由鲍尔传媒集团发行，法文版由意大利传媒公司蒙达多里发行。——译注

弗朗索瓦·奥朗德的照片，他和朱莉·葛耶（Julie Gayet）的爱情曝光，从此一发不可收。不要忘了在维也纳的那个周末，法国国民阵线的弗洛里安·菲利波（Florian Philippot）被拍到和他的同性伴侣在一起，也上了《近距离》的头版。这在政界还是第一次，在那之前，政治家一直都避免此类不谨慎的"约会"。

狗仔队二十四小时无休止地追踪马克龙，期待发现他所谓的双重生活。一位狗仔承认已经跟踪了六个月之久，没有放过这位未来总统候选人的任何蛛丝马迹，但一无所获。只有一次，他在正式场合拥抱了一位从车里下来的男性朋友。

收获甚微，这在情理之中，尤其是我们知道这位部长还是比较奔放的。他会毫不犹豫地拥抱亲友，或者拉着对话者的手臂，好让他们赞同自己的话。其他那些还盯着这一新目标不放的狗仔也证实没有找到任何不利于马克龙的线索。

马克龙夫妇原本可以等这些流言蜚语的风声过去，但他们采取另一种态度，直面这个痛苦的问题。"这很现代。我觉得把一切摊到桌面上说开很好。"萨科齐的支持者、政界人物帕特丽夏·巴尔梅（Patricia Balme）如此称赞道，她被马克龙深深吸引，决定让马克龙利用自己强大的关系网。

在贝尔西的晚宴上，没有哪一次夫妇俩不会和宾客谈到谣言，不用为自己辟谣。"布丽吉特对我的一切都一清二楚，我怎么可能会有双重生活？"艾玛纽埃尔狠狠地反驳道。据几位在晚宴最后听到这些诉苦的人说，马克龙对这些影响很坏的谣言深恶痛绝，这是当然，不过他的妻子似乎比他更受伤，闲言碎语弄得她疲惫不堪。"他不明白我为什么坚持不下去了。"布丽吉特·马克龙透露道。显然，她已经被这么多的恶言恶语折磨得够呛。尽管用她自己的话说，同性恋问题根本不是什么禁忌。不过对他们夫妻而言，这个话题毫无意义。

他们的一位朋友表示："布丽吉特厌恶暴力。这件事让她感到震惊，深深地伤害了她。"主持人伯纳德·蒙铁尔[①]向她一遍遍讲述他朋友伊莎贝尔·阿佳妮[②]深陷谣言而遭受的痛

---

① 伯纳德·蒙铁尔（Bernard Montiel，1957— ），出生在摩洛哥的法国演员。——译注
② 伊莎贝尔·阿佳妮（Isabelle Adjani，1955— ），法国女演员。——译注

苦，也是白搭。

对不熟悉政坛怪事的新手来说，很难识别所有的陷阱。然而，按她的话说，她和其他人一样，怀疑人的本性。一点儿小事就会让她紧张得不行，特别是当"佩内洛普①门"爆发并愈演愈烈时。有可能成为爱丽舍宫第一夫人的布丽吉特，密切关注菲永及其妻子的遭遇。他们就像一面镜子，照出将来某一天她要忍受的情景，谁知道呢？

为了遏制流言的蔓延，2016年春天，布丽吉特·马克龙首次决定向《巴黎竞赛画报》（*Paris Match*）记者卡洛琳娜·皮戈奇（Caroline Pigozzi）讲述她自己的故事。借助家庭相册，她想要展示他们真实故事的来龙去脉。在周刊刊登的大幅照片中，夫妻俩在巴黎-贝尔西的U2②演唱会上脸贴脸相依相偎。在马克龙最喜欢的滑雪场上的自拍照。鼻梁上架着太阳墨镜的布丽吉特亲吻马克龙的脸颊。在夫妻俩提供的

---

① 佩内洛普·菲永是法国右派共和党总统候选人弗朗索瓦·菲永的妻子，她以国会议员助理的身份"吃空饷"，八年支领五十万欧元，被指控犯有共谋和隐瞒侵占公款，还被指控滥用公共财产和加重情节欺诈。——译注
② 享誉世界的超级摇滚乐队，1976年成立于爱尔兰都柏林，自20世纪80年代蹿红之后，一直到进入21世纪的今天，仍然活跃在流行乐坛。——译注

一堆照片中，有一张是马克龙笑着，袖子卷起，拿着奶瓶给布丽吉特还是婴儿的孙女艾莉丝喂奶。我们还看到，他在勒图凯的房子里，和他们的小狗费加罗玩耍。这篇报道丰富细致，面面俱到。就像在另一张照片上看到的那样，比利牛斯-大西洋省"牧羊人"国会议员让·拉萨尔（Jean Lassalle）[①]在书展上拥抱这对恩爱夫妻。

最后一张压轴的照片，是夫妻俩盛装参加完 7 月 14 日阅兵仪式后拍摄的。他们迈着坚定的步伐，沉浸在彼此的交谈之中。前进。图片的说明文字是："他作为男人的第一个决定就是娶她为妻。"在那些诽谤这位影响力太过强大的妻子的人看来，"那也是他此生最后一次自主地作出决定了"。但这又有什么关系呢？

所有这些努力并非完全奏效。但至少，他们让民众知道这对夫妇是如此与众不同，如此难以抗拒。防不胜防的谣言在巴黎圈子之外起了作用，而且在网上也蔓延开来，一发而

[①] 法国 2017 年总统候选人之一，出身于一个贝亚恩省的牧羊人家庭，因此，他为大选造势的书名为《一个牧羊人在爱丽舍宫》。——译注

不可收。

谁没听说过马蒂厄·加莱和艾玛纽埃尔·马克龙是一对的传言？在法国，从虚拟的网络到现实生活中的高层，流言漫天飞。马克龙多年的好友马克·费拉西深有体会。当这位经济学家和朋友们吃晚饭时，听宾客聊天，谈论梨啊奶酪啊，少不了会说到马克龙。

餐桌上很少有人知道费拉西和候选人马克龙的关系。一位宾客说："我很想给马克龙投票，可让人心烦的是，他不承认自己是同性恋。"听着真别扭。这位学院的精英教师，《快报》对他的评价很高，他心意已决。他妻子和马克龙一起工作，负责安排他的具体日程。如果马克龙有双重生活，她应该会知道，应该会站在苏菲·费拉西丈夫的立场上反对他。苏菲是律师，曾在贝尔西担任艾玛纽埃尔·马克龙的部长办公室主任，如今在前进党与马克龙并肩作战。这个论据是否能说服当晚的宾客？

有可能当选总统的政治家马克龙意识到，不能再长期任由这些子虚乌有的流言干扰竞选。

2016年11月2日，在Mediapart网站上，该网站早就邀请马克龙来陈述其政策的基本框架，而他却出人意料地借此机会狠狠地回击了谣言。"我只是简单地说一下……那些热衷于制造谣言的人是白费力气。我，无论如何，都不会为了他们而改变生活。我没有双重生活。我最珍视的就是我的夫妻生活和家庭生活。"马克龙还顺带控诉了那些在巴黎晚宴上"左叨叨右叨叨"传播"所有这些谣言"的人。

两个月后，当丈夫开始竞选时，马克龙夫人借前往外省的机会，试图说服负责跟踪报道马克龙的记者。她向他们倾诉："当竞选宣传活动步入高潮时，我很担心这些谣言会再次出现。"从候选人妻子口中听到这样直白甚至令人尴尬的话，记者多少有些语塞。艾玛纽埃尔·马克龙周围的人也是如此。他们在媒体面前咒骂社会党当选者，咒骂在幕后煽风点火的前政治要员。有位部长在一次记者午餐会上表态："法国人永远不会选一位同性恋者当总统。"迅速得知此事的马克龙团队如是说。

前进党候选人的一位亲友叹息道："我们什么传闻都听过了。无论是艾玛纽埃尔秘密前往非洲，还是他在巴黎歌剧院挑选情人!"这些荒唐的揭秘是来自一个想要利用流言,以便更好地把他们的支持者摆在受害者的位置上博取同情的阵营……还是来自竞争对手恶毒的攻击,想扼杀胜利的苗头?可能原因更简单,也更悲哀。对很多人而言,很难想象年轻有为的政坛风云人物会忠贞不贰地爱上比自己大二十四岁的伴侣。"艾玛纽埃尔英俊潇洒,年轻有为。他想要谁都可以……而他选择忠诚于比自己年纪大的妻子。这让人惊讶不已,他的竞选团队的一名成员也承认。这样一来,巴黎精英阶层的谣言跟平民百姓的偏见便不谋而合了。"

下定决心要和这些令人恶心的炒作做个了断,马克龙夫妇已经养成习惯每晚向对方讲述自己听到的关于他们的流言。但是,据沟通专家菲利普·莫罗-雪弗兰(Philippe Moreau-Chevrolet)分析:"他们这样谈论谣言,谣言不会消失,还会让谣言以资讯的形式继续流通。"

为什么要冒这个风险呢?MCBG 咨询[①] 的主席继续分析:

---

① MCBG Conseil 是一个专门为个人公关和领导人的影响策略提供建议的咨询机构。该团队已经为很多企业主、政界领导人、运动明星等名流量身打造在公众面前的媒体形象。菲利普·莫罗-雪弗兰是这个咨询机构的主席。——译注

"我认为,他们是真的受伤了,在这种压力下,他们需要将情感外化。他们用自己的方式表明,政治领导人也是普通的饮食男女,也不能时时刻刻都处在监控之下。"马克龙夫妇有人性脆弱的一面,或许过于脆弱了?

今晚在剧院

这已经是在爱丽舍宫的第二次国宴了,马克龙夫妇轻车熟路。他们那桌在谈论荷兰马克西玛王后(Maxima)及其丈夫威廉-亚历山大(Willem-Alexander)国王的宴会,笑声不断。

布丽吉特、艾玛纽埃尔和他们的朋友个个妙语如珠,其中有总统的谋士让-皮埃尔·茹耶和他的妻子布丽吉特·泰丹杰,这两位也是勒图凯的常客;斯特法纳·贝尔(Stéphane Bern);弗朗索瓦·克鲁塞(François Cluzet)和他的妻子;总统的参议员希尔维·于巴克(Sylvie Hubac);还有弗朗索瓦·菲永的富商朋友马克·拉德雷·德·拉夏里埃(Marc Ladreit de Lachar-rière)。这几位使这个欢快的小圈子变得丰富多彩。爱丽舍宫的礼宾司将这些宾客所在的餐桌命名为"梵高"。

弗朗索瓦·奥朗德暗暗观察他们。这位共和国领导人要照顾每位尊贵的宾客，因此成了这场漫长晚宴的囚徒。他那么喜欢和他的经济部长开玩笑，如今却也只能围着一件事忙活：去跟今晚的每一位宾客问好，只能在这对愉快的夫妇前逗留片刻。

奥朗德走近他们，面带微笑，他发现这一桌的氛围比"奥朗德的人"那一桌要热烈。"可是这里有不少奥朗德的人呢！"斯特法纳·贝尔率直地反驳道。

轻松愉快的交谈持续了一整晚。马克龙夫妇和其他宾客因此决定让"梵高"式的聚会继续。他们一同前往大皇宫观看展览，让彼此加深了解，轮流去各家吃晚饭。当然，晚宴都是以那个画家的名字来命名的。

这次爱丽舍宫晚宴几周后，到处都在传弗朗索瓦·奥朗德和他年轻的部长在冷战。然而，斯特法纳·贝尔半开玩笑地说，二人的关系并没有那么僵，不像政治专栏记者说的那样。至少，几个星期后，斯特法纳·贝尔在贝尔西度过了一段愉快的时光，一同在场的还有总统及其伴侣朱莉·葛耶（Julie Gayet），其他"梵高"晚宴的常客，都是布丽吉特和艾玛纽埃尔·马克龙邀请的。这是夫妻俩在这座宏伟的玻璃建筑里操办的十几次晚宴中的一场……

生活排场，特别交际招待的开销，都被记者调查团和右派反对人士紧紧盯着，尤其是在总统竞选的几个星期里。2016年，部长任期仅八个月，就花掉了所拨款项的80%，即年度拨款的十八万欧元中的十四万多欧元。

尽管去年1月份，前进党创建者立刻辟谣称从未将哪怕"一分钱"用于未来的"前进党成员"；但是，弗里德里克·赛斯（Frédéric Says）和马里恩·卢赫（Marion L'Hour）在《身处贝尔西的地狱》（Dans l'enfer de Bercy）[①] 中特别指出，用于"小圈子"晚宴的开销高得离谱，宾客并非都是和经济部有关的。

有点儿像爱赶时髦的年轻人吹嘘自己在几个小时内赶了几场聚会，"前一场"以及"后一场"的后一场，马克龙夫妇有时会在同一晚设宴两次……

[①] 弗里德里克·赛斯、马里恩·卢赫：《身处贝尔西的地狱，财政部的实权》，让-克劳德·拉岱出版社，2017年。

形式还是保持不变。部长夫人亲自在贝尔西的公寓里宴请宾客。晚宴只有亲密友人参加，最多不超过八个人。马克龙夫人喜欢利用开胃酒的时间做些介绍来打破冷场。她在找个趣闻来烘托某位宾客、让气氛变得更轻松这一点上无人能及。在宾客离席前，她总不会忘记请出大厨或甜品师夸赞一下他们的厨艺。

剩下的就靠夫妻俩的魅力。他们什么都谈，除了政治，除非有个别客人要求，他们才会聊聊政治。有时，布丽吉特会提起某次她不得不出席的无聊饭局："有一晚，我们和谁谁一同吃饭，太无聊了，我们真心更喜欢和你们在一起！"

在他们的餐桌上，经常能看到剧院里的人、作家、演员。歌手丽娜·雷诺（Line Renaud），小说家菲利普·贝松、米歇尔·韦勒贝克，记者西里尔·埃尔丁（Cyrille Eldin）、马克-奥利维尔·福吉尔（Marc-Olivier Fogiel），尼古拉·斯康特卢（Nicolas Canteloup）、阿莱克斯·鲁兹（Alex Lutz）和让-马克·杜蒙德（Jean-Marc Dumontet）的制片人，演员皮埃尔·阿迪提①和他的妻子艾维琳·布伊（Évelyne Bouix），阿利耶勒·东巴斯勒（Arielle Dombasle），弗朗索瓦·贝尔雷昂（François Berléand），法兰西喜剧院的纪尧姆·加里安纳（Guillaume Gallienne）和克里斯蒂安·埃克（Christian Hecq），法布里斯·鲁奇尼②和他的伴侣……"这有点儿多了。"弗朗索瓦·奥朗德手下的一位女部长嘲讽道，她为丈夫付个快餐钱都要皱皱眉。

总之，自从2005年尼古拉·萨科齐之后，在贝尔西，这些都是闻所未闻的。和第二任妻子塞西莉亚（Cécilia）一起，他也喜欢身边围着一群艺术家，如马西亚斯夫妇（Macias）、比加尔（Bigard）、克拉维尔（Clavier）、巴伯利维安（Barbelivien）。恰恰就在她踏上艺术之路之前。他认识的艺术家很多，有的甚至是他在任塞纳河畔讷伊市市长的时候主持婚礼的。成为部长后，他很自豪，要在这座俯瞰塞纳河的玻璃长方形建筑的楼顶跟朋友们分享他的成功。一直以来

---

① 皮埃尔·阿迪提（Pierre Arditi, 1944— ），法国演员，出演过《好戏还在后头》《生死恋》《生活像小说》等。——译注
② 法布里斯·鲁奇尼（Fabrice Luchini, 1951— ），法国演员、制片人，代表作有《登堂入室》《新包法利夫人》等。——译注

他都不受知识分子待见，如今成了财政部长，终于可以扬眉吐气了。

马克龙夫妇并没有赌气心理，也没有驱魔情结。他们像流星一样落在政治棋盘里。他们知道必须立刻去征服巴黎名流。这个圈子吸引他们，让他们着迷，让他们振奋。

闲暇时间还写诗的艾玛纽埃尔，在他二十岁时，难道没有梦想要成为作家吗？今天，他还坦言，或许有一天，他会出版自己最早写的几章文学作品。"他很珍视自己的文学才华。"一位跟夫妻俩经常来往的作家说道，他还提前阅读了马克龙的《革命》。

布丽吉特身材纤细，却内心狂热。私底下，当她提到如今躺在抽屉中的文学作品时，总会玩悬念。马克龙年轻时醉心戏剧，在巴黎学习的几年间，他曾在佛罗朗戏剧学院（Florent）上过几节课。《费加罗》的记者弗朗索瓦·格扎维埃·布尔莫说[1]，马克龙甚至还参加过一次试镜，为了能和

---

[1] 弗朗索瓦-格扎维埃·布尔莫：《艾玛纽埃尔·马克龙，想称王的银行家》（*Emmanuel Macron. Le banquier qui voulait devenir roi*），群岛出版社，2016年。

让-皮埃尔·马里埃尔①一起拍戏。当马克龙还是斯特拉斯堡的法国国家行政学院的学生时，还教过几节戏剧课。

布丽吉特也很喜欢作家圈。当她还在圣路易德贡扎格教授法语和拉丁语时，她就经常组织当代作家和学生的见面会，其中包括埃利克·奥森纳②。小说家好友菲利普·贝松证实说："她对文学经典了如指掌，和她交谈真是享受。"他还补充道："布丽吉特对生活一点儿也不感到厌倦。她在庇卡底度过了人生的大部分时光，如今惊叹于巴黎的光芒。她保留了好奇心，这让她变得非常动人。"

"我有点儿像包法利夫人……"布丽吉特幽默地对刚刚被她征服的艺术圈的朋友悄悄说道。不过，这个还沉醉在过去的舞会中的爱玛·包法利，如今成功地混进这个令她惊叹的大世界。一个罗多尔夫不会抛弃的爱玛。总之，一个幸福的

---

① 让-皮埃尔·马里埃尔（Jean-Pierre Marielle, 1932— ）：法国演员，2014年出演电影《你到底从不从》。——译注
② 埃利克·奥森纳（Érik Orsenna, 1947— ），真名为埃利克·阿诺尔特（Érik Arnoult），法国政治家和小说家。在担任政府要职的同时，奥森纳还从事写作，先后出版二十余部小说和非虚构作品。代表作有《语法是一首温柔的歌》等。1998年入选法兰西学院院士，成为代表法国最高学术地位和语言文化水平的"不朽者"。——译注

女人。

布丽吉特·马克龙享受生活，并坚持自己的座右铭："没有微笑的一天就是浪费了一天！"她似乎已经远离了当年在亚眠圣心学校修女戒尺下度过的青少年时期。尽管那段时光并没有阻止她自己"找乐"，就像她亲口说的那样。

家族的巧克力店跟巴黎上流社会差了十万八千里，她就是在店铺的楼上长大的。招牌也是，仿佛被时间定格了，一大块塑料做的巧克力，边上写着过世的老祖宗的名字，让·特罗尼厄。

有时，布丽吉特会向新朋友倾诉久远的青春期的痛苦，这些灼热的伤口很容易感染。身为一名老师，她曾经很关心一个个如水晶般脆弱的少年维特的烦恼。

今天，这对结伴多年的夫妻正值最好的年纪，他们决定给对方第二春。他们就像两个酒后兴致高涨的少年，决意好好享受首都熊熊燃烧的火焰。作为积极的追星族，演出结束后，他们两位都会到化妆间去找艺术家。他们并不是在附庸风雅，而是真诚地为古典作品和街头喜剧鼓掌。虽然这和艾玛纽埃尔的志趣相去甚远。

就这样,他们认识了幽默大师尚塔尔·拉德苏①,在她的《牛皮》(Peau de vache)演出谢幕之后。这次会面后,她向卢森堡电台(RTL)透露:"他嘛,我们没有听懂他在说什么,就跟听他上一堂法国国家行政学院的课一样。而她呢,就在一旁翻译,把他说的内容变得通俗易懂。他们就是一对最佳搭档!"

这对高效、热情的双人组合也深深吸引了演员弗朗索瓦·贝尔雷昂(François Berléand)。当他表演完剧作《莫莫》(Momo)回到化妆间时,有人把他俩介绍给他认识。和这对夫妻主动接近的其他艺术家一样,这位演员被两人看人的方式——直视他人眼睛,以及那种一见如故的感觉惊到了。此外,和他们经常来往的名人,如果媒体上出现关于他们的负面新闻,布丽吉特·马克龙从不忘给他们发一条暖心的短信。她会立刻表达她的关切:"还好吗?撑得住吗?"

一位新认识的朋友证实:"布丽吉特和艾玛纽埃尔很讨

---

① 尚塔尔·拉德苏(Chantal Ladesou, 1948—),法国女演员,也是一名谐星。——译注

喜。"一次在朋友家的晚宴上，曾经担任老师的布丽吉特和丽娜·雷诺聊到二人共同的故乡上法兰西大区，没一会儿，丽娜·雷诺就被打动了。"我喜欢布丽吉特，她一点儿也不装腔作势。"聊到她的时候这位女歌手经常重复这句话。两人喜欢一起去看戏，一起开怀大笑。

在希拉克的朋友和前进党候选人的妻子之间，从来不存在政治问题。在上次由约翰尼和拉蒂西亚·哈里戴在家中准备的惊喜生日晚宴上，丽娜·雷诺当着马克龙本人和他的妻子，还有斯特法纳·贝尔、穆里尔·罗宾①的面表示，艾玛纽埃尔跟一个人……雅克·希拉克一样让她印象深刻！在她眼中，这当然不是坏事。

新闻专员尼科尔·索纳维尔（Nicole Sonneville）也被他们迷住了，她为阿莱克斯·鲁兹②剧中卡特琳娜这一角色提供了灵感。尼科尔也组织了几次聚会，把马克龙夫妇介绍给几位演员。就这样，皮埃尔·阿迪提和艾维琳·布伊认识了

---

① 穆里尔·罗宾（Muriel Robin, 1955— ）：法国演员。主要作品有《贝卡斯妮》《博物馆喜剧》等。——译注
② 他和布鲁诺·桑切斯在法国新频道电视台（Canal Plus）出演《卡特琳娜和莉莉安娜》（*Catherine et Liliane*）。

他们。

更奇特的相识是，斯特法纳·贝尔和艾玛纽埃尔·马克龙初次见面，他的汽车轮子差点儿轧到马克龙。当时，他和厄尔卢瓦尔省主席在参议院吃完午饭出来，记者在那里有一处房产。他打开车窗，向差点儿被他轧到脚的部长道歉，就在这时，这位擅长评论名流的记者听到艾玛纽埃尔·马克龙笑着回答："啊，斯特法纳！我妻子很喜欢您。她总是跟我谈论您，她特别喜欢您的节目《历史揭秘》(Secrets d'histoire)，特别想和您共进晚餐！"

他们也主动接近了不可捉摸的米歇尔·韦勒贝克，就像当初尼古拉和卡拉·萨科齐入主爱丽舍宫时一样。2015 年，《摇滚范》①杂志在贝尔西为部长和作家组织的一次访谈上，两人嘴角挂着讽刺的笑容，为两人的共同点感到有趣。

"我叛逆，但我不是刻意为之。"韦勒贝克带着一贯的冷漠说道。"我也有同样的问题。"部长微笑着回答，他早就让

---

① 左派文艺杂志（*Les Inrockuptibles*，简称 *Les Inrocks*），是法国知名的文艺类杂志之一，于 1986 年创刊，最初主要涉及摇滚乐，近些年杂志也讨论电影、书、社会等方面的话题，同时还有名人访谈。——译注

人注意到他多少已经有些游离于社会党之外了。"我们在'盒子'里并不幸福",他们齐声表示,特别是部长,对这完美的一幕十分满意。

马克龙夫妇成功进入"名流"圈子。当明星们的好朋友伯纳德·蒙铁尔(Bernard Montiel)提议陪同布丽吉特参加朱利安·多雷(Julien Doré)在巴黎一条游船上的音乐会时,布丽吉特一秒也没有犹豫。她甚至还带了歌手的专辑,好让歌手给丈夫签名题词。当伯纳德·蒙铁尔邀请她出席当代很受欢迎的艺术家奥尔林斯基(Orlinski)的开幕酒会时,忙于搬家的布丽吉特·马克龙抛开一切前去参加。她的"护花男孩"早已习惯和巴黎名流往来,依旧惊讶于布丽吉特在朋友面前表现得轻松自如。和他周围的其他人不同,马克龙夫人受邀参加活动时,从来不问自己座位旁边将会是谁。候选者妻子不是一个假正经的女人,她只是表现出很高兴融入这个"少数幸运儿"(*happy few*)的家庭中。艾玛纽埃尔·马克龙也不逊色。

在"克洛德老爹"餐厅吃午饭,他不就主动去跟坐在邻桌的夏尔·阿兹纳乌尔①攀谈吗？这位前任部长自我介绍说："您好，我喜欢您很久了。"歌手回答："我很高兴，12月27日，我有一场音乐会，记得来看我。但我要提前告诉您，弗朗索瓦·奥朗德也会来！"

应该让自己出现在海报的中心位置……为此，在里昂集会时，他不惜拥抱了一位有时被认为反动的丰特奈日内瓦女人。又或者，尽管他跟菲利普·德·维里耶②意见相左，他还是会和他勾肩搭背，因为他需要在游人如织的狂人国主题公园里受到欢迎和好评。

马克龙夫妇用魅力对第七艺术的小世界、歌曲、戏剧发起猛攻，这都和他们的趣味、性情相关。但也不仅仅如此。

的确，任何总统竞选都绕不过"名流"这个阶层。当艾

---

① 夏尔·阿兹纳乌尔（Charles Aznavour, 1924— ）：出身于一个阿尔巴尼亚移民艺术家庭，从小接受音乐熏陶，20世纪40年代与皮雅芙合作后一举成名。他既能创作，也能用多种语言演唱，还参演了多部电影。——译注
② 狂人国主题乐园的创建者。——译注

玛纽埃尔还只是爱丽舍宫不起眼的参议员时，他有机会近距离观察当时还是内政部长的马努埃尔·瓦尔斯的策略。虽然这位社会党人身居要职日理万机，但他总会想方设法抽时间陪妻子小提琴家安妮·葛拉婉，而她曾陪同很多演艺圈里的名流出席活动，如约翰尼·哈里戴、帕斯卡尔·欧比斯波①、弗洛朗·帕尼②。瓦尔斯陪妻子出席她朋友的音乐会或剧院的彩排，这些都是巴黎上流社会趋之若鹜的场所。最近几年，人们还看见瓦尔斯在诺文·勒鲁瓦③的音乐会的座位上即兴跳了几个民间舞的舞步，或者在加尼叶歌剧院④的后台，笑容满面地和帕特里克·布鲁尔⑤拍照合影。

马克龙夫妇也不会认输。当两人的丈夫处得还不错的时候，安妮·葛拉婉和布丽吉特·马克龙有时会在同样的高级

---

① 帕斯卡尔·欧比斯波（Pascal Obispo，1965— ），法国歌坛的音乐才子。——译注
② 弗洛朗·帕尼（Florent Pagny，1961— ），法国著名歌手，被称为"法国歌神"。——译注
③ 诺文·勒鲁瓦（Nolwenn Leroy，1982— ），法国女歌手，2002年夺得选秀节目"明星学院"（Star Academy）冠军从此出道。——译注
④ 即巴黎歌剧院。——译注
⑤ 帕特里克·布鲁尔（Patrick Bruel，1959— ），法国犹太裔著名歌手、演员，他创作了无数脍炙人口的歌曲，被誉为法国的"情歌王子"。2013年凭借影片《起名风波》获得第38届恺撒奖最佳男演员提名。——译注

时装秀上碰头，特别是在时装周发布期间，一定要成为万众瞩目的对象。比如2015年7月迪奥时装秀时，她们一定要对着蜂拥而至来拍坐在前排的名人的摄影师的镜头。

这两位夫人，一个身穿亚麻大号衬衫，手里拿着扇子，另一个身穿迷你裙、短款紧身上衣，她们都踩着高跟鞋，挎着印有首字母的提包，在举办时装秀的罗丹美术馆的花园里，在镜头前大秀二人的融洽。经济部长的妻子还假装公开亲吻瓦尔斯妻子的脸颊。争当VIP的比赛确确实实开始了。

从2015年秋天到2016年夏天，这两对夫妇收到了太多VIP的邀请，他们的圈子终于有了交集。斯特法纳·贝尔或纪尧姆·加里安纳经常前一天到葛拉婉-瓦尔斯家做客，后一天到马克龙夫妻家做客。皮埃尔·阿迪提和艾维琳·布伊这对夫妻也经常出现在这两位政坛明星和他们的夫人身旁。

随着两个男人之间的竞争加剧，形势变得更加微妙。2016年11月16日，一条来自贝尔西的可靠消息在《快报》爆料。在部长即将离任的那段时间，据说女主人布丽吉特·马克龙一晚组织两场晚宴,不断扩展丈夫的关系网……

周刊甚至详细写道,在经济部长卸任前的最后两个月,这栋住了五位政府官员的房子的开销,超过四分之三是艾玛纽埃尔·马克龙和他的夫人花掉的。

千真万确,战争打响了。紧张局势达到顶点。经常和某些人来往有可能就会让你成为另一些人的攻击对象。但是,想要观察位高权重之人、靠近这些猛兽、分辨虚假表面背后的真相的好奇心总是胜过一切。

因此,要在安妮时不时冒出的俏皮话和布丽吉特坦率的言词之间,在马努埃尔的有点儿糙的幽默和艾玛纽埃尔有点儿学生气的搞笑之间做出选择。而跟他们有关的那些名流恰恰并不想选择。斯特法纳·贝尔称:"我不是一位阿谀奉承之人。我希望更优秀的那个人胜出。即使一方入主爱丽舍宫,我还是会继续跟另一方交往!"

2015年夏天，马克龙夫妇已经取得优势。他们拎着行李箱到雷岛法布里斯·鲁奇尼家里去做客。这势必会惹人非议。率直的演员不用人请就在媒体上，就如他做客欧洲一台（Europe 1），在没去度假的卡洛琳娜·胡（Caroline Roux）狡黠的目光下说了这件事。有时报刊上会谴责他与金钱之间复杂的关系，这位热爱词语之美的人表示只有一件事让他感到遗憾，那就是没有收这对夫妇在他家小住的任何费用，并发誓说"出租"会比挂在爱彼迎（Airbnb）①网站上更赚钱！观众鼓掌大笑。

去年11月底，轮到阿利耶尔·东巴勒②向卢森堡电台（RTL）夸张地讲述她在贝尔西参加晚宴的经历。"我们看着闪烁的巴黎，水的流动像极了水族馆，"歌手对着洛朗·鲁吉埃③（Laurent Ruquier）主持的"大人物"（*Grosses Têtes*）的话筒说，"太美好了。……他们是那么专注，那么和蔼！这对夫

---

① "爱彼迎"是美国短租平台Airbnb（旅行房屋租赁社区）的中文品牌名称。——译注
② 阿利耶尔·东巴勒（Arielle Dombasle，1953— ），出生在美国，在墨西哥长大，在法国开始演艺生涯的女演员。——译注
③ 洛朗·鲁吉埃（Laurent Ruquier，1963— ），法国著名的电台和电视台节目主持人。——译注

妻看上去很恩爱，我觉得他们特别友好。"

对这对夫妻而言，跟政治圈外的人来往也是一种有益的放松。因此，部长早上参观蒙特伊邮局时，头上被砸了鸡蛋，下午也绝不会取消早已安排好的行程。他答应要出席2016年6月6日在佩尔什的蒂龙-加尔代皇家军事学院的落成仪式，学院就在朋友斯特法纳·贝尔的地盘上。言出必行。绝不会回巴黎看一场欧洲杯的比赛，哪怕他是足球迷。

MCBG咨询的主席菲利普·莫罗-雪弗兰分析称："为了成为总统候选人，必须出席巴黎名流的活动，以便在记者精英团里储存有力的后备力量。"这样才能一直出现在时尚名流杂志的晚宴版面。

这些政治之外的插曲也是一场意外收获，可以和那些为巴黎著名晚宴提供谈资的人建立联系，有机会以一种与众不同的方式在社交网络上占据一席之地，并作为夫妻档出现在所有人的面前。

陪 伴 者

2016 年 11 月 16 日，在朋友帕特里克·图尔麦（Patrick Toulmet）的培训中心，艾玛纽埃尔·马克龙豁出去了。十一点零八分。新闻台的记者们挤成一团。战火已点燃，总统选举的征程正式开启。

为了这次参加总统竞选的声明，他像以往每一次重要演讲前那样，在他的妻子面前一字一句、一个语调一个语调地排练。在这世上，她在指出丈夫该在哪个字上停顿以此来俘获听众上无人能及。

几个小时后，在他十五区新的总部里，她不再提点他，让他即兴发挥。从今往后，艾玛纽埃尔就是共和国的总统候选人了，他在轻松愉快地接待地方日报在巴黎的特派记者们。明天，在他们的专栏里，马克龙声音的回响将传遍法兰西的各个角落。

每一次总统竞选都应该重视地方日报，它们的销售量是国家级日报的四倍。总之，它们的读者中有一大批未来的选民。马克龙深知这一点，所以他才从容不迫地将他的竞选纲领再深入浅出地重新阐释了一遍。

他的讲话是打磨过的，从早餐开始，他就已经在一群议员朋友们面前演练过了。在这群外省媒体的巴黎代表们面前，艾玛纽埃尔·马克龙在这一刻是享受的。

然而布丽吉特·马克龙用一个坚定的手势打断了他们的交流。面对这群被她的态度惊呆了的听众，这位曾经的教师直接敲了敲手表，是时候要进入下一个环节了。控制节奏的立刻就不再是他了，而是时间……和布丽吉特。

他缩短了和媒体的访谈。"课间休息"结束了。

大家都要知道，她的在场是不容商榷的！在法国新频道电视台"号外"（*Supplément*）这档节目的镜头前，艾玛纽埃尔·马克龙也把这当作理所当然的事情强调了一下。他的妻子今后也将……为他工作。

2015年11月，在贝尔西一次部长办公室例会结束后，他很自然地用让人动容的口吻解释了摆在她面前的实际状态，而布丽吉特用爱抚的眼神表达了她的认同："她之所以在这里，是因为她在陪伴我，是因为她的存在有利于营造出另一种氛围，这很关键。""没用纳税人的钱给她开工资，"部长明确表示，态度有些强硬，"她的意见对我至关重要，为此她花了很多时间。人们在不幸福的状态下是完成不好工作的！"这是他回敬嘲讽他们的人的观点。布丽吉特打趣地说："我很喜欢他的这个表达，反正我就是他的粉丝俱乐部部长。"

因为今后这一切就是官方的了，在政府高层也要对马克龙夫妇的合而为一的现象予以重视，而且是由马克龙夫人亲自负责接待那些前来采访她丈夫的知名记者。

《纽约时报》（*Times*）杰出的笔杆子亚当·赛奇（Adam Sage）被这样的组合惊呆了。因为贝尔西的关键人物平静地跟他解释自己的妻子为什么会出现在这权力之地："一旦当上部长，公共生活就吞噬了私人生活。所以她得明白我在做什么，得理解我在做的事情，有时还要给出她的意见。"他接着补充道："她没有任何正式职位，因为如果我们这么做了，办公室里有职位的职员们就很难做了。"不管笑容是否局促，议员们要么表示同意,要么咬着他们的万宝龙钢笔默不作声。这是自塞西莉亚·萨科齐之后就再没出现过的情形。艾玛纽埃尔·马克龙总有绝地反击的非同一般的手段,若无其事、漫不经心地把自己的观点或一些看似不合时宜的选择灌输给别人。这是某种固执的轻率。

在亨利四世中学读预科一年级的时候,他成功地给人他数学很好的错觉,这是他唯一不擅长的科目。他居然敢跟老师解释说虽然他不知道正确答案是什么,但很显然还有其他的解题方法。

2015年的那个秋天,他找到了他自己的解决方法,硬是让妻子成为他团队中的一员,就像当着大家的面,依然用他让人无法招架的很自然的态度。"我们需要在一起,这是我们共同的氧气。"当我们就他们过去和现在的这种水乳交融的状态提问布丽吉特时,她几乎是习惯性地这么辩护。她在"陪伴"他,就这么简单。

照马克龙团队看来,这根本没什么好争论的。她的无处不在,他们反驳说这是"记者们的幻觉"。不过他的有些亲信却对这位几乎参与到一切政务中的伴侣大加指责，就像当初对刚踏入爱丽舍宫时的瓦莱丽·特里埃维勒（Valérie Trierweiler）[①]那样。"布丽吉特很守本分。"女议员科琳娜·艾雷尔（Corinne Erhel）声称，"她的存在以及她的经历都是一笔宝贵的财富。"

但布丽吉特过去并没有一直参与到艾玛纽埃尔的职业生涯中。他在罗斯柴尔德银行的一位同事并不记得自己见过她，哪怕只在一次银行家圈内举办的晚宴上。或许因为不是学经济的，所以那些晦涩难懂的行话让她气馁了？"即使对他而言，那也不是一段轻松的时期，"布丽吉特·马克龙回忆道，"他疯狂地工作。业务忙的时候，我们就见得比较少了。"自从艾玛纽埃尔·马克龙入住爱丽舍宫，夫妇俩就远离了一切社交生活。"我们不举办晚宴，就我们两人见见面。为了能见到面，我们总是想方设法。"

踏入政府圈就意味着一次重新洗牌。"起初，我并没有住在贝尔西，"布丽吉特说，"但我不忍心让他每天将时间花在

[①] 瓦莱丽·特里埃维勒（Valérie Trierweiler），法国总统奥朗德的未婚伴侣。——译注

往返十五区的路途上,不忍心再减少他每晚仅剩的短短三四个小时的睡眠时间。"

2015年的新学年开始之前,她决定辞去在圣路易德贡扎格中学的教职,去贝尔西和他一起生活。尽管他们已经共同生活了二十多年,他们之间这种亲密无间的关系仍让她惊讶。她笑着说:"在岁月里老去的情侣,就如上好的红酒!"

马克龙夫妇从相遇起,就一直把享受二人时光摆在优先的位置上。他们在拉蒙吉(La Mongie)、比阿里茨(Biarritz)或是世界的尽头,都有过恩恩爱爱的美好时光。据艾玛纽埃尔的朋友们证实,他在巴黎政治学院上学的时候,每个周末都不见人影,经常和他爱慕的女人在瓦兹(Oise)漫步。

"人们有时很难理解……但我们需要见到彼此。"布丽吉特不断地重复这句话。于是,她搬去贝尔西和他团聚,并且开始参与到列入部长日程的会议中。合作伙伴们也只能对她的存在做出妥协。"最初的适应并不困难,"办公室的一位工作人员透露,"她每天早晨都会在各个办公室转一圈,向每个人问好。她就像团队中的妈妈一样,会询问合作伙伴们的健康状况。"

大学期间，她梦想着毕业后去做人力资源，六十年后，她在法国最高层的政府团队中建立人脉。她的一些朋友认为："离开她的职业意味着她做出了放弃。"她承认："不能再教书会让我觉得少了些什么。属于我的位置在教室里。"

但她的另一些朋友坚信她并没有犹豫很久。或许也是因为她现在的名声会使她和学生之间的关系复杂化。距离退休还有几年的时间，她在这时作出的牺牲应该并不是难以克服的，因为她有另一个职业来代替。

如此多重的职责，而且需要随时对所有事物提出她的看法。她坦诚自己不喜欢属于某个政党的感觉，她太在乎思考的自由、言论的自由，却又很矛盾地卷入权力争夺的战略中。

从她丈夫在贝尔西一路高升开始，她就着手亲自选择大型采访的媒体。部长办公室的一名工作人员明确地说，只有那些和他们夫妻两人有关的私人采访夫妻俩才会直接回应。至于其他，他们一概不管。正如塞西莉亚（Cécilia）[①] 在当第一夫人期间做的那样，她也理所当然地为他的部长丈夫选择

[①] 塞西莉亚（Cécilia），法国总统萨科齐的前妻。——译注

衬衫的颜色，她通常会选天蓝色，再配上一条藏青色的领带。她关注所有事情的动向，并且每天早上都会仔细查看他丈夫的日程表。

不过这位热情满满的教育工作者并没有完全脱离她自己的职业领域。我们猜测教育部内部那些针对改革提出的坚定的意见就来自她。娜贾特·瓦洛-贝尔卡森（Najat Vallaud-Belkacem）① 关于初中教育改革的想法似乎并没有让她眼前一亮，而实用跨学科教学（EPI）引起的争议已是沸沸扬扬。她很想看到这些课时被砍掉，法语课和数学课的课时可以恢复。而且她还憧憬那些资深的高中名师每周能抽出几小时去一些困难地区。人们也将这些优先教育网称作 ZEP②。

"我大概会很愿意花一半时间在富兰克林高中教书，另一半时间在那些条件不好的高中教书，"她说，"应该派一些经验丰富的教师到困难街区去。因为团队的稳定才是发展教育

---

① 娜贾特·瓦洛-贝尔卡森（Najat Vallaud-Belkacem），法国第一位女教育部长。——译注
② 即 Zones d'Education Prioritaire，优先教育区。

的关键。"

布丽吉特·马克龙对另一件事也信心十足:"有一天我会重回讲台。"但这在今后怎么可能呢?怀疑她过于天真,急切地渴望自由,记得自己是有事业的人……又或者让人觉得这是对他们在爱丽舍宫未来命运一种不确信的表达?而她,在离总统选举第一轮投票还有几个月的时候,不敢做任何的预测。

考虑到要和她丈夫的职业生活步调保持一致,作为经济部长的妻子,她已经很难再继续自己的职业了。每晚,他都会询问她的意见,夫妻两人甚至会一直分析到深夜。

直到 2015 学年开学的时候,布丽吉特·马克龙都还是一名教师,但她在学生面前越来越显得精神不振。曾对职业怀有无限热情的她,再也无法全身心投入其中。"她曾是学校的明星教师。一位'摆渡人',带领每一位学生进入文学的天地,即使是在学期初对文学丝毫不感兴趣的学生也不例外,"外科医生克里斯托夫·勒萨热(Christophe Lesage)证实,当初他在富兰克林上学,高二时上过她的课,"她经常带学生们去观看戏剧，也会让家长跟学生互动，来班级分享他们的职业经历。"

一天，布丽吉特·马克龙甚至请来了一位爱丽舍宫的议员：这个人就是她的丈夫！布丽吉特让他独自一人在同学们面前做演讲，结束后，她问大家："他都给你们推荐了哪些书？因为艾玛纽埃尔只迷恋那些复杂的作家。对他来说，《包法利夫人》（*Madame Bovary*）就和连环画没什么两样！"她乐了。当他在看伊夫·博纳富瓦（Yves Bonnefoy）和塞利纳（Céline）时，她正享受地听着莱拉·斯利马尼（Leïla Slimali）算不上温柔的歌声。

艾玛纽埃尔当上经济部长之后，他的妻子举办了一场关于常识的辩论，在部长先生和某位……沃布里斯·鲁奇尼之间展开，到那时为止，后者都更多以萨科齐亲信的身份为人们所熟知。这是很不寻常的时刻，直到现在布丽吉特·马克龙的学生们都仍对此津津乐道。

尽管突然让自己空了下来，她还是不可能避开舞台前沿脚灯而退居二线的。二十年来两人共同的热情，让她已经习惯了跟随这个过度忙碌的男人的步伐。两人的关系一路以来都伴随着他那些无法预料的人生转折。

每一个新篇章、每一次新生活的开启,大多都伴随着这份微妙却又明显的、害怕失去他的焦虑。

"能持续多久就持续多久。"在他们的故事公开后,她曾向她的一位熟人吐露过这样的心声。但她已下定决心要继续这段让人难以置信的冒险。或许她已经做过一切尝试了,就像她很爱在课上给学生们讲的唐璜①一样——尽管感觉到事情在往最糟糕的方向发展,他知道自己被人谴责,但不管怎样都要继续前进。

从经济部长到总统候选人,马克龙是否已经注意到自己周围聚集了一群对权力虎视眈眈的男男女女?但这又有什么关系?布丽吉特将会是那位皮提亚(Pythie)②,唯一能直言不讳说出真相的人,对学生坦诚,对她的丈夫也一样。"他娶了一位对他知根知底的讨厌鬼。"她总是和菲利普·贝松这么开

---

① 唐璜(Dom Juan),19世纪浪漫主义诗人拜伦长篇诗体小说《唐璜》中的主人公。——译注
② 皮提亚(Pythie),古希腊女祭司,可以解读神谕。——译注

玩笑。一次，她的部长丈夫从外省出差回来，她对他说："你的演讲让人昏昏欲睡。"

就像2016年的那个夏天，在一次去比阿里茨的休闲之旅中，她重读几段艾玛纽埃尔未来竞选宣传书的几段文字说："这里，你的书无聊到要把我看睡着了。"喜欢舞文弄墨的妻子有时也会亲自操刀，而且这也不是秘密了。"我不能来见你了，因为我必须将艾玛纽埃尔的演说稿重新过一遍。"2016年初夏，她这么发短信给她的一位熟人。她没有删掉《革命》一书中的部分段落，而几周后，虽然《革命》成了畅销书，但被指写得太单薄、不够简洁、大话空话太多。

艾玛纽埃尔·马克龙不看当代小说，但他会让她谈谈她对自己看过的那些书的印象。他超强的记忆力让他能引用很多作家的语录，为演讲增色。他们对作家们优美的表达都有一样的热情。以前她不就有在教室墙上贴满她喜欢的作家的名言警句的习惯吗？全然不顾同事和学校领导是否生气，在被贴得乱七八糟的墙面前他们都看懵了。

布丽吉特·马克龙没有将贝尔西重新装修。当经济部长招兵买马的时候，他的夫人就在用魅力征服每一位新加入前进党高层管理人员。"她很热情,很容易就接纳了你,而且能记住所有人的名字,尽管她周围围绕着数不清的人。"前议会主席巴丽扎·赫亚里(Bariza Khiari)证实道。

前进党有了自己的据点以后,布丽吉特·马克龙就把约会地点定在那里,并且随着总部地址的不断变化而变化。她也咨询了很多意见。"法比尤斯的追随者",她是这样形容自己的,巴丽扎·赫亚里被这对由曾经的银行家和他的妻子组成的搭档迷住了:"他和他的妻子就是自由与进步相结合的化身。而且我喜欢他们通过文学以及一切和它相关的文化所展示出的人文的一面。"

女议员很高兴能看到曾经的教师向总统候选人分享她的经验,而且特别指出马克龙夫人的丈夫对郊区长大的孩子有时词汇非常贫乏这一现象进行了思考。文化上的贫瘠,再加上郊区与日俱增的暴力,让这些年轻人越发有种被社会抛弃的感觉。

"和曼努埃尔·瓦尔斯相反,在法国遭遇恐怖袭击期间,瓦尔斯表示理解就等于宽恕,而艾玛纽埃尔则希望能针对我们的孩子提出解决的办法,希望看到我们不只是招来了魔鬼,还希望能找到恶的根源。"女议员仍然对此大为赞赏。

如果说她没有忘记要和候选人就这个他十分关心的问题进行交流，那么他的妻子却只在前进党召开政治会议时才会很准时地参加。

"她很有职业素养，而且只参与她了解的东西的讨论，"阿尔代什省的议员帕斯卡尔·泰拉斯（Pascal Terrasse）指出，"比如我从未听说她对高姆丽法（la loi El Khomri）发表任何意见。"因为艾玛纽埃尔是一个很委婉的人，布丽吉特有时会挑剔他的说话方式："他想告诉您，但又不会真的告诉您：就是这样！"前农业部部长帕特里亚（Patriat）也这么说。

后者很感激马克龙夫人真切的关心，2016年秋天，他遇到一场严重的交通意外，他的车被另一辆在高速公路上逆行的车撞上了。

"布丽吉特给我打过好几个电话打听我的身体状况，告诉我竞选活动推进的情况。她向我保证说他们会来看望我，而他们的确来了，尽管他们的日程表越排越满。"这位黄金海岸的社会党议员回忆道。

布丽吉特对一切都会留意到。她丈夫的一位参议员透露："她会注意避免他受到周围人的折磨。"当两个很亲近的人因为战略问题产生分歧时，她能从中起到缓冲的作用。她是那群能帮助艾玛纽埃尔在风浪中保持航向的人之一。

决定参加总统选举以来，他从没有偏离过他的航道。一旦高姆丽法得到批准，他就铁定会向政府辞职。不管是热拉尔·科隆希望他 2016 年 7 月之后再做决定的请求，还是多年来的盟友亨利·埃尔芒每天打来的电话都没能让他改变心意。他妻子确信："他就像一块海绵，会倾听所有人的意见，但是很难被影响。没人能影响艾玛纽埃尔。"她是其中一个，甚至可能是唯一一个有时能让他做出一些改变的人。

在巴黎某些工作日的晚上，当人们在巴黎一家很火的亚洲餐厅"丽丽王"(Lily Wang)，在离他们目前的住处不远的"克洛德神父餐厅"(le Père Claude)，或是在圆顶餐厅（La Rotonde）——他们最喜欢的餐厅之一，遇见马克龙夫妇时，他们就会天南地北地闲聊。"我还认识许多其他政客的夫人，她们的肚子里没货,像个摆设一样被人到处带来带去。但是她,布丽吉特,她可不是花瓶!"斯特法纳·贝尔证实道。貌似她甚至把在思想领域挑战自己的丈夫当作使命了。

曾受共同友人的邀请与马克龙夫妻共进晚餐的阿兰·芬基尔克劳(Alain Finkielkraut)先生深有体会。"当我们谈论政教分离、学校里佩戴面纱的问题时,她总是有自己的见解,努力捍卫一种更严谨的政教分离的观念。"这位哲学家兼作家说道。

这是一种"教师的言论",丝毫不受其丈夫更为开放的观点的影响。而她丈夫的这些观点正是对手所斥责的,尤其是瓦尔斯。她主张"无面纱",甚至是在大学,不管是大学校还是小学校,就像她所直言不讳的那样。这位女权主义者,诚然不是对总统候选人所宣扬的"真正的"平等不满,她只是无法想象一位将头发遮起来的女人不会多多少少受到限制。在这个话题上,她立场坚定,跟她的形象很吻合。私下里,她丈夫的回答也很妙:为什么剥夺这些年轻女孩上大学的权利,而把她们(更多地)关在家里呢?

法国电视二台在巴黎地区一家咖啡馆做的报道让这位总统候选人的夫人感到震惊,报道中的咖啡馆不欢迎女士光顾,她从不支吾其词。如果她说了算,这家咖啡馆立刻就关门整歇了。

"布丽吉特不愿放弃她发声的自由。"马克·费拉西夫妇的朋友总结道。过分的坦率必然会危害到总统的形象,总统的言论自有其需要遵守的尺度。

"在我们的晚宴上,艾玛纽埃尔从不约束她,"菲利普·贝松说道,"我觉得她比艾玛纽埃尔更叛逆。说到底,两人之中思想更年轻的,反而是她!"布丽吉特·马克龙以她的方式,引用蒙田的一句话来诠释夫妻二人之间偶尔的交锋:"人总是需要将自己与他人的思想进行磨合。""我和艾玛纽埃尔经常磨合。"她补充道,沉浸在一语双关里的她放声大笑。候选人夫人很喜欢玩这种弦外之音的文字游戏。

在集会之外,面对聚光灯,她接受了法国 TMC 电视台"日报"(*Quotidien*)节目记者的采访,面对"是否认为丈夫的演讲很棒"这样的提问时,她目光炯炯,说的话让人浮想联翩:"他不只是在政治上做得出色。这太局限了。我还没发现有什么是他做不好的。"

"严苛且不唯唯诺诺,她正如他所希望的那样给予他支持,"他家的一位常客皮埃尔·阿迪提为此感到欣慰,"两人之间没有谁向谁妥协这一说。"

"前进党"的候选人需要这种批判却又善意的目光。这位女教师从前对他便是如此,她如今依然能回忆起自己当时就发现这名学生"才华超群","比老师还要厉害"。

这种默契可以通过皮埃尔·于雷尔影片中的一个场景中看出来。在 2016 年 7 月的第一次全国医疗保险互助会大型会议之前,我们可以在每次彩排时看到他们的身影。在舞台下,布丽吉特·马克龙不停地用手势在指挥她的丈夫。"亲爱的,那部分太长了,你应该突出层次。不要太咄咄逼人,你没有精力可以浪费。提高你的音量。这里太低沉了!"有时候学生马克龙也会反抗。"这是老师的那套东西!"在幕后,不用顾及形象。"这一幕太吓人了!"一位部长感叹道,惊呆了。

"我有时看到马克龙和她在一起时就像一个小男孩,在被他的女老师训斥，"一位跟政治家们都很熟络的摄影师开玩笑说，"当她在场的时候，他完全像换了一个人一样。"

当她在现场陪伴他的时候，多数时间里布丽吉特·马克龙会退到镜头之外。但是她也会利用她在场的时机，在离媒体记者群有一定距离的地方，向报刊媒体的记者传达一些正面、积极的言论。"他一直都很勤奋，但我从未见过他如此投入。他尽力了。"她悄悄地在一群又一群的媒体记者面前说道。

奔波于那些安排得就像一格格乐谱纸一样频繁的活动中间，布丽吉特的一个手势就足以让候选人马克龙偏离其工作人员为他安排的工作日程。就像2017年1月的那一天，在里尔附近的海勒米斯（Hellemmes）一所名叫东布罗夫斯基的幼儿园里，艾玛纽埃尔·马克龙全神贯注地在与中班和大班的学生们进行长时间的互动交流，这些孩子几乎与他的"继孙们"年纪相仿。他跟一个小女孩开着玩笑，这个小女孩在谈到以前的自己时会说"当我小的时候"！他的团队向他示意，他还要跟学校的教学和教辅人员会面。但是布丽吉特·马克龙叫住了他:"艾玛纽埃尔,来看看这个!"他的妻子一定要他看一眼那本由孩子们和阿尔德莫协会(Artémo 艺术与词汇的工厂)一起制作的书,上面带有插图和需要填空的文本。

学校负责人贝阿特丽丝·卡托(Béatrice Catteau)送给她一本。"我们十一岁的孙女画画很棒,它会为这本书画插图,而很有创造力的艾玛纽埃尔将会把空填完。"布丽吉特·马克龙许诺道。"我对政治不感兴趣,但是他和其他人不同,他看起来似乎没有和现实脱节。"学校负责人私下说道,她被这对如此平易近人的夫妻的魅力所征服。她把自己的地址留给候选人夫人,希望能够收到那本填完空画完插图的书……"等竞选一结束"!

他们的二人组有时会被人取笑,但也很奏效。"我遇到过很多在一起很久了的夫妻,他们不再能够彼此忍受,但是他们二人之间的关系真的是亲密无间,"歌手丽娜·雷诺注意到,"那是一种超越爱情的关系。她是他的支柱,而他亦然。我跟卢卢也有过这样的关系。"

如果不是艾玛纽埃尔叫了她至少两次,布丽吉特就不会去跟他新近结交的演艺圈人士共进午餐。他们每天都会互通情意绵绵的短信。"他非常需要她,并且始终将她放在心里。"他们的一位朋友在谈到这对始终如一的璧人时说道。

布丽吉特和艾玛纽埃尔被他们过去的种种牢牢地系在一起,在"传闻"的汪洋大海中依然没有沉没。

有时,这位活跃的总统候选人的妻子会因所有的文章都在提醒她自己比她生命中的男人年纪大很多而闷闷不乐。"应该有别的东西可以写啊,"她叹息道,"但是我得出的结论就是:我想关于我们,他们除了这件事或许永远都没有别的东西可说了。"多数时间,在漫天批评涌来之前,她会抢先一步自我嘲讽或是挖苦。

斯特法纳·伯尔曾听到过她的自嘲:"我要抓紧时间,因为我不知道几年后我的脑袋会变成什么样!"她金黄的刘海,迷你短裙、皮裤和紧身T恤所凸显出的纤细身材,统统加入到了这场抵御时光刻刀的战役当中。

"她找到了一些窍门,"勒凯图的一个熟人肯定地说,"为了保持体形,她花了大量时间在家中的自行车健身器上锻炼。

另外，当有女士在外省或在克莱尔街——位于美丽的十二区，他们在离开贝尔西之后，便定居在这个热闹的街区里——的集市上跟她搭讪，并含蓄地向她表达敬意时，她毫不掩饰自己的喜悦。"

"您为我们扬眉吐气了！""您的丈夫是个好人，因为他选择了您。""您说得对，我十分赞同您所说的"，她如是回答她们，显得十分满意。她为马克龙的与众不同而感到骄傲，像他这个年纪的男人本可以同任何年轻而又有魅力的女人在一起。"生活总是因人而异"，她以一句话结束了这个话题。

但是，他们的故事太过美好以至于一些谐星的恶趣味越发高涨。如何抵抗那些针对这对夫妻的嘲讽，尤其那些针对他们如此明显、如此特殊的年龄差距说事的？

上天的恩赐，对一些贪心不足的谐星而言简直就是天上有掉不完的面包。洛朗·杰拉[①]在跟马克龙夫妇私下打过招呼之后，在最受法国人喜爱的一个电台里将马克龙夫妇打造成了他最爱八卦的目标之一。2017年1月初，在兴高采烈的

[①] 洛朗·杰拉（Laurent Gerra，1967— ），法国演员、作家。——译注

曼努埃尔·瓦尔斯面前，他无情地抨击了这位前总理的竞争对手，把他丑化成一个口齿不清的小男孩，为自己不错的民意评价而洋洋自得，为了庆祝，他不停地玩着祖母的升高座椅——那些挂置在楼梯上的电动座椅，电视在下午大量播放这些为退休老人所准备的座椅广告。

布丽吉特·马克龙于是被塑造成了一位很老的女人，带有老年让娜·莫罗[①]那种鼻音很重的嗓音，训斥把"她的电动床弄坏"的小男孩。即使她对这个梦想成为至高君主的淘气鬼并不感到愤怒，但是他如此调皮，她不得不夺走他的"游戏机"。

那天早上，在卢森堡广播电视台（RTL）演播室的所有人都被这不怀好意的讽刺洗脑了。显然，瓦尔斯在美好的民主同盟初选的时候看起来洋洋自得。

一个月之前，毒舌的热罗姆·康芒德尔（Jérôme Commandeur）也毫无顾忌地在欧洲一台进行了嘲讽。布丽吉

[①] 让娜·莫罗（Jeanne Moreau，1928—2017），法国女演员，代表作品有《朱尔与吉姆》《天使湾》等。——译注

特·马克龙这次有阿曼达·利尔①一样的嗓音，她的儿子还在为在凡尔赛门集会上的演讲兴奋不已，而她正努力使他恢复理智。这位年仅"十四岁"的少年始终无法从他那十五分钟的高昂情绪中"冷静"下来，不得不将他关在房间里以防再次复发……然而几秒之后，他甚至打碎了"布丽吉特装羊腿的盘子"。那是另一个时代的东西，不到二十岁的人都没见识过。最终，在将他的"甜甜圈和雀巢巧克力酱"吞下肚，并穿上他的"斯凯奇休闲鞋"之后，小艾玛纽埃尔说要重返校园学习。

看似若无其事，实际上这些刻薄的喜剧小品以老掉牙的性别歧视来恶搞（五六十岁的女人没有权利与更年轻的男士谈情说爱，相反五六十岁的男士却可以），除此之外它们还反映了许多其他问题。这些小品触及了长辈与孩子之间的关系，监护人与受监护的未成年人之间的关系。并且，又对女老师和他的男学生之间被认为触犯禁令的师生恋指指点点。

以轻松的形式进行嘲讽，对这对夫妻的嘲弄通常不会

---

① 阿曼达·利尔（Amanda Lear, 1939—　），法国歌手、词曲作者，同时也是画家、电视节目主持人、演员及小说家。——译注

脱离年龄这唯一的问题，然而在这个时代，"狡媚雌猫"① 似乎成了风尚，如果人们相信那些女性报纸的话。在"欢笑与歌声"（Rire et Chansons）电台的广播中，人们调侃马克龙夫人的耐力，说她可与自行车手罗贝尔·马尔尚（Robert Marchand）相媲美，后者已经在庆祝他在一百零五岁创下的新纪录……

还是在卢森堡广播电视台，传奇节目"大人物"调侃着她的衰老和缺点。当女演员尚塔尔·拉德苏在话筒前讲述前来为她鼓掌捧场的马克龙夫妇的对话时，弗洛里安·加赞② 打断了她，询问她对这对夫妻的看法，并且开玩笑地揶揄："他会大声对她说话吗？"

不理会这些嘲讽，马克龙夫妇选择手牵着手出现在聚光灯下。没错！在杂志封面上这对夫妇如出一辙的微笑背后隐藏着昭然若揭的征服策略。这是一种肯尼迪式的广告策略。"成双入对地出现是政客们获得成功的一种手段，"让-丹尼

---

① "狡媚雌猫"（cougars）指勾引、猎捕比自己年轻许多的男子的成熟女性。——译注
② 弗洛里安·加赞（Florian Gazan, 1968—   ），法国广播主播及电视主持人。——译注

尔·勒维（哈里斯互动公司政治调研部主管）一语中的，"这表示他们感情深厚，彼此相爱，他们不会独自冒险。这对艾玛纽埃尔·马克龙尤其有利，在竞选活动开始的时候，在他身边并没有人数众多的政治团队，也没有得到大量民众的支持。"政治学家回想起曾经刊登出弗朗索瓦·奥朗德度假照片所带来的灾难，形象上的灾难。他独自一人，自己给自己涂防晒霜。

经济部部长不同寻常的爱情故事则直击人心。

对艾玛纽埃尔·马克龙来说，两年半前还不为公众所知的他需要尽快进行传媒渗透，以有效的、引人入胜的方式去"讲故事"。马克龙"意识到《巴黎竞赛画报》是可以加速扩大其知名度的一个因素"，正如《巴黎竞赛画报》政治版主编布鲁诺·热迪[①]在电台中所说的一样。

实际上，长达三十年的默默无闻提醒着他要看清现实，并且为自己的选择负责。"我应该让剩下的不看社会调查节目、

[①] 布鲁诺·热迪（Bruno Jeudy，1963—　），法国记者、评论作家。——译注

不读报纸的法国民众认识我。"2016年年末,当他在纽约接受尾随而来的法国电视二台节目团队的采访时解释道。"是的,我会继续出现在法国电视一台的晚间新闻里。"为了强调,他又补了一句,尽管社会党的重要人物和那些毒舌之人并不乐意。

"他只是这个时代的一个年轻人,"马克龙身边的制片人塞布丽娜·鲁巴什这样为他辩护,"他是和社交网络一起成长的,他和个人形象之间的关系跟那些前辈不同。他明白为了使公众听到他的声音,形象是个利器。对他而言,这不是自恋与否的问题。否则您能想到他跟同一个女人在一起二十年之久吗?"

他闪光的个性及他所表现出来的意志使他被大众接受并深入人心。从在他成为经济部部长的那个秋天起,到次年冬天,在四个月的时间内,他的知名度提高了三十个百分点。创下了一项纪录!"在同等职位上的米歇尔·萨潘[①]如今在公

[①] 米歇尔·萨潘(Michel Sapin, 1952—):法国政治家,曾任法国经济、财政和私有化部长,奥朗德就任总统后,他先是出任法国劳工部长,之后在奥朗德改组内阁后再次出任法国财长一职。——译注

众心目中的知名度却并不比以前更高。"让-丹尼尔·勒维强调道。

不仅仅是马克龙一个人,这对夫妇携手一起走到了舆论中心。2017年2月14日,在里尔的天顶(Zénith)场馆艾玛纽埃尔·马克龙聚集了五千民众,由于座位不够,还有五百多人滞留在场馆外。一位出租车司机调侃道:"据说他今天早上去参观了海勒米斯某个平民街区的一所学校。应该是他的妻子,那位女教师,建议他去的。因为他对学校那一套不怎么了解。那是一位财政稽查员。您看他在巴黎的集会上,甚至不会大声说话。在他那个圈子里,那么做是不得体的。他从不大喊大叫!"

很少有政客的妻子像布丽吉特·马克龙那样如此迅速地被大家所熟知。除非是很短的路程,否则她不会再搭乘地铁,像名人一样戴着无边软帽和墨镜以躲避拍照和骚扰。从2017年1月份开始,在结束里尔的集会后,围绕在她身旁的人与围绕在演讲者身旁的人一样多,而后者刚刚完成了总统选举的预热。他被迅速地护送回休息室。而她,毫无怨言地满足大家想跟她一起自拍的要求。

在人群中，她认出了她以前教过的一名女学生，抽出时间和她拥抱："你在这里做什么？还是课堂更安静一些！"一位女士还递给她一本艾玛纽埃尔·马克龙的书，请她在书上题词。"为一本不是我写的书签名让我觉得别扭。"她边签边小声嘀咕，显得很开心。

几分钟之前，她的丈夫在舞台上含蓄地向她及祖母"玛奈特"表达了敬意，他很爱她们："差不多是两代人，没有什么能预示我今天会站在你们面前。人生中有许多的相遇，有许多爱您的人，但是我们社会中所有解放的基石，是学校。"

这位对他关怀备至的妻子，她的在场是至关重要的。十分重要。当他从舞台上下来回到他在里尔天顶场馆的私人休息室后，他用目光搜寻着她的身影，总统候选人打断了所有人："你们看到布丽吉特了吗？她在哪儿？"他焦躁不安地询问民选代表，询问那些前来向他表示祝贺的朋友。

在竞选活动伊始，布丽吉特·马克龙没有接受采访。"这是法国最虚幻也是被拍照最多的角色",夏琳娜·万诺纳吉①在她的专栏中讽刺道,法国国内电台在2月份的那天接待了艾玛纽埃尔·马克龙。那时佩内洛普·菲永事件正在发酵。

"目前,我们不会让她出面。"1月底时前经济部部长已经简洁地表过态了。可能是由于媒体大量的曝光,也可能是因为她不羁的言论,关于这个女人有着各种各样的说法,说她是候选人最好的、最有魅力的王牌,或许也是最危险的敌人……"被烫到了",丈夫的公关部门很小心,同时要让这位对最终赢得选举大有裨益的陪伴者保持"热度"。2月4日在里昂的集会以夫妻俩再次上了《巴黎竞赛画报》头版并有六页幕后照片而告终。

"她需要学会如何游走在政治的边缘,透露些许私人生活,而不被推向台前。"政治学家让-丹尼尔·勒维指出。在这方面,马克龙夫妇也还需要一边前进……一边学习。但是他们不可能永远置身事外……

---

① 夏琳娜·万诺纳吉(Charline Vanhoenacker),比利时记者。

最火的夫妇

在圣叙尔比斯教堂巨大的广场上,在明星们——尤其是卡特琳娜·德纳芙——的窗下,马克龙和他生命中一个至关重要的人物亨利·埃尔芒道了永别。

这位昔日零售业、房产业,甚至是报刊业的巨擘曾给他介绍过一位极其宝贵的朋友,米歇尔·罗卡尔(Michel Rocard)。他们俩都是待建立的法国社会民主的新拥簇者。这位刚刚去世的九十多岁的老人曾经被年轻的艾玛纽埃尔的远见卓识和巨大潜力一下子征服了。

亨利·埃尔芒是马克龙夫妇的朋友,也是前进党的慷慨赞助人。在持续了一个半小时的葬礼结束后,马克龙夫妇在教堂门前湿漉漉的石子路上停留了一会儿。政客们、老朋友们,还有媒体圈的人都在相互打招呼寒暄。埃里克·弗托利诺(Éric Fottorino)和让·玛丽·卡瓦达(Jean-Marie Cavada)在这个秋日的周五先走了。

布丽吉特·马克龙浅浅地微笑着,和蜂拥而至的摄影师们几乎是心照不宣。她并不急着走向他们的雷诺塔里斯曼轿车,虽然他们的司机正在等她。

她的丈夫,当初是他选亨利·埃尔芒当他们婚礼的证婚人,此刻正和朋友马克·费拉西一起,不紧不慢地和其他人交谈着,对于咔嚓不断的闪光灯并不怎么在意。一些路过的中学生也认出了他们,并用手机拍下了这一刻。布丽吉特穿着她一贯的黑色紧身皮裤,没有松开她的丈夫。她挽起他的胳膊,然后握住他的手,坚定地走着。她几乎是在摆姿势,摆她自己的造型,他们俩的造型。她也丝毫没有挪开常常被她隐藏在墨镜后的目光。

"不管怎么说,她喜欢这样,看到自己出现在报纸上。"

一家著名的报社摄影师半开玩笑半揶揄地插了一句,趁这个忧伤的场合赶紧拍些照片。

摄影师们簇拥在小汽车旁边,几乎是静悄悄地,他们就拥了过来。向这个曾经给予马克龙巨大帮助的人的悼念仪式就这样结束了……一对任由记者拍照的夫妻,一张群星璀璨的海报送走了一位敬爱的良师益友。

马克龙像是个有时会被抓到手指伸进了果酱罐中却从来不会不知所措的小孩。在奥朗德的亲信出现在他面前时,马克龙仍然保持着单纯坦率的样子。

2016年春天,他把手放在胸口,说他不知道《巴黎竞赛画报》在总统接受电视访谈这一天把他们夫妇放在头版刊出这件事。民意支持率最低的总统受到冷落已是无可挽回的结局。这么一来,这件事被炒得沸沸扬扬,群众的呼声不费吹灰之力就盖住了总统那边微弱的声音。奥朗德的心腹们骂骂咧咧,马努埃尔·瓦尔斯的亲信们也加入了他们的行列,他们要求马克龙立即做出解释。正在伦敦出差的马克龙打算把这件事大事化了:"不是我干的。"他这样说道,就和他小孙子们说的话一样。经济部长试图挽回自己的信誉。是他的妻子,充满信任地会见了《巴黎竞赛画报》的记者卡洛琳娜·皮戈奇。

对于布丽吉特·马克龙这个虔诚的天主教徒而言,对"一个曾代表杂志社亲吻过教皇的人"推心置腹并不算什么,她在某个场合曾经提过一句。一些共同的熟人也让她放心,于是她给这个记者看了很多家庭照片,说了一堆知心话。"尽管他看起来无忧无虑的,实际上,艾玛纽埃尔非常坚定,非常令人放心。"在这期《巴黎竞赛画报》上,这位充满爱意的夫人这样说道。"我的丈夫是个工作狂,是个骑士,他来自另外一个星球,绝顶聪明而又具有超凡的人文情怀。他脑海中的一切都井然有序。他是一个哲学家,一个成了银行家的演员,最后又成了一位政治家。同时他还是一个尚未发表过作品的作家,而我,留着他所有的手稿。"

布丽吉特·马克龙承认自己觉得有必要讲一讲他们的故事，来平息外面流传的关于她丈夫的流言。当她告诉丈夫她将要去见这个记者的时候，他只是简单地说了一句"小心"。

"我非常珍爱的妻子，……她不了解媒体，"当他妻子对他的这番称颂公之于众的那天，站在他的立场他这样辩白道，"此外，她也很后悔。"他笨拙地把责任推到她头上，然后他苦笑着承认说："这件蠢事是我俩一起做的。"有责任但不是始作俑者，而且这么说几乎没有什么可信度。这个胆大包天的人总是有办法去愚弄那些招惹他的人，然后用这种若无其事的神情把自己撇清。

在这场政治媒体风波过去几个月后，布丽吉特表达了她的惶恐，她永远也不会原谅自己给他带来的麻烦。"这件事的后果非常非常严重。"最高职务候选人的一位女顾问低声承认道。

2016年的这个春天，马克龙并没太过担心。他知道新闻这头怪物的注意力很快就会转移到别的事情上去，四十八小时之后，这些循环往复的新闻就会吞下别的猎物。但是重要的是行动，而不是含糊其辞地推诿责任。他们夫妇去了一个叫作"封面人物"（Couverturables）的最火的VIP俱乐部，这里各种背景的人都有。有时候，他会十分真诚地跟你推心置腹，让你几乎无法怀疑。就像当初他告诉陪他去伦敦的记者们时说的话一样："对于我来说，最重要的是我们夫妻的感情，它胜过一切，包括我的职位。我不会让任何人在这件事上烦扰我。"

马克龙夫妇一点儿一点儿地品尝着这一新建立起来的名望。在经历过旷日持久的地下恋之后，终于能将爱情公之于众，终于能被所有人承认，这是多大的幸福啊！他们这对非同寻常的夫妻，居然能在专门报道时代的王者或向国王、王后致敬的杂志上占据头版头条，这又是多大的反转啊！《巴黎竞赛画报》在亚眠被一抢而空，在其他所有散发着外省保守和小资气息的城市也一样。在相爱了二十年之后，女教师与曾经的男学生直到2007年才能对彼此说一句"我愿意"。过去的裂痕给他们留下了痛苦的印记,这些印记或许可以解释这种极度想要把两人关系……公开化的渴望。

然而,艾玛纽埃尔的把夫妻感情永远置于第一位的意愿却激怒了自己的队伍,尽管大众愿意为此"买账"。"政治不应当用来疗愈自恋的伤口。"他的一个议员朋友说道。他很担心看到马克龙会在这场他也身处其中的集体冒险中目光短浅。

然而这些谨慎的人心中还是再次拉响了警报。2016年的夏天,《巴黎竞赛画报》出了第二期关于这对爱侣的专刊。马克龙夫妇又上了头条。他们在比亚里茨海滩身着泳装被记者"偶然撞见"。近景是布丽吉特,穿着碎花泳衣,让人几乎注意不到她的年纪,纤细姣好的身材让她很占优势。而他则穿着圆点沙滩裤,非常简单迷人,像一个刚和伙伴们一起打了一场沙滩排球的巴黎高商的大学生。

杂志内页的一些照片是这位经济部长正在巴斯克海滨浴场附近一套朋友们借住的公寓露台上。他挂着完美的微笑,正用电脑对自己的书做最后的定稿，他妻子的目光深情而温柔地落在他的肩上。马克龙的神态十分轻松，穿着一件基础款的保罗衫。他的妻子妆容精致，一身大牌。绝对不可能是那些假期被抓拍的照片，更不可能让人相信这些照片是被偷拍的。从某种程度上来说，这次板上钉钉是"名人摆拍"。他们和萨科齐夫妇那一堆朦胧的艺术照和"偷拍的照片"不一样，后者在瓦尔省的黑人角蹚水，或者是玩"空中的女孩"的游戏，像两个少年一样不戴头盔骑着摩托车，这些照片都是在距离很远的地方偷拍的。

关于这个主题的好几页报道都是赞美他们的，只有一个行为可能会招人口舌：一张他们正在沙滩上和一个裸体主义者交谈的照片。这对于那些漫画师而言真的是天上掉下来的好素材。而奥朗德人前从不吝啬说好话，私底下却在嘲笑他们。事实上，总统越来越爱问晚上来访的嘉宾关于布丽吉特·马克龙的真实影响力了，她引起了他的好奇心，让他惊讶万分。

"我，我可不搞马克龙那套，我可不接受演戏！"在《快报》上提到《巴黎竞赛画报》的这期出版物的时候，总理马努埃尔·瓦尔斯大发雷霆。经济部长的敌人们终于找到了攻击他的角度，然而他已经准备好要辞职了。不可避免地，布丽吉特很快在他们眼中成为了危险的麦克白夫人。悲剧因她而起，是她怂恿丈夫做出最卑劣的行径。这一切都是她一手造成的。尽管这并非她的本意，她却已经成为了舆论攻击的众矢之的。"然而实际上恰恰相反，她不是一个搞阴谋的人。"她的朋友菲利普·贝松私下里这样说道。

确实，谨慎不是她最先考虑的东西。她非常坦率。因此她有时候会向丈夫在贝尔西的来宾们倾诉一切，甚至有些客人她都还不太认识。"我第一次见她的时候，她陪在我身边，就跟我说她丈夫在银行的时候挣得特别多，不过那时候也要交很多税。还说她觉得她丈夫以后是一心只想从政了。"一位为她在第一次会面中说话就如此不谨慎而大吃一惊的客人如是说道。

布丽吉特确实不是一个说话前会三思、发短信前会看好几遍的人,而且她还坚持要保持一种"正常的"生活。她的直率言行让她在社交上吃了不少亏。

2016年7月初,她应邀陪伴丈夫参加非常严肃的、由著名的自由党人让-埃尔维·洛朗齐(Jean-Hervé Lorenzi)主持的埃克斯普罗旺斯经济学家论坛。布丽吉特·马克龙容光焕发,静静地陪伴在受到摇滚明星一般待遇的丈夫身旁。后者像是被劫持了一般,从一张桌子到另一张桌子,去会见那些狂热的经济学家,他们都为这个极具魅力的年轻的经济部长所着迷。"米歇尔·萨班在两年前的夏天应邀参加会议时,也没有引起如此大的轰动。"一位与会者回忆道。

另外一个参加研讨会的女士是瓦尔斯夫妇的女友。她印象更深的是马克龙夫妇到达埃克斯普罗旺斯的场景,尤其是夫人的"狂欢"。在圆桌会议的时候,布丽吉特在任何时候都没有发言。然而她在泳池里大声讲话。当认识的经济学家们长篇大论时,她懒洋洋地躺在那里。她甚至直言不讳:"我们的好日子在2017年!"即使她丈夫是还远不肯服输的弗朗索瓦·奥朗德的部长又有什么关系呢！"他知道他欠我的。"这个用超声速提拔他当部长的总统依然这么以为。

在埃克斯，瓦尔斯夫妇的女友没想到她那么坚定。"她在鼓动她丈夫，总是随时随地黏着他，恶魔般地支使他！"在普罗旺斯这段插曲过去几个月后，她仍然带着挖苦的口吻痛斥布丽吉特。

然而这个男人真的不需要别人鼓动他。2016年2月，当时他刚当了一年半左右的经济部长，就毫不掩饰他垂涎总统宝座的野心。他甚至去问了蒂埃里·索斯（Thierry Saussez），尽管后者曾是萨科齐（他已经在着手准备竞选了）的顾问和同路人。他希望能够估测一下他在2017年入主爱丽舍宫的概率。"你能达到10%的支持率。"这位春天百货的老板乐观地回答他。"这可不够被载入史册的。"马克龙夸张地评价道。

这位未来的候选人相信接下来的总统大选将会风云诡谲，很难决出高下。"他相信自己能实现埃德加·弗尔曾经的梦想，成功地融合大多数人的理念，超越党派去代表民意。"蒂埃里·索斯证实道，他和马克龙经常会在大军团大街上的一家咖啡馆附近交谈。

艾玛纽埃尔·马克龙相信自己的命运。"和不精通历史的萨科齐及奥朗德相反，"跟候选人学识相当的支持者雷诺·杜特雷尔这样分析道，"他觉得自己深谙历史，肩负着一项使命。"

2016年5月8日，当他提到"圣女贞德，她冲破陈规，生来就是为了努力去做不可能的事"的时候，他想到的是他自己。显然如此。他也醉心于自己的命运，就像他所总结的那样："它是一个疯狂的梦想，却那么理所当然。"

布丽吉特也开始相信这个美好的梦想了。尽管他没有提到他最终的野心，她也开始向她在演艺圈的朋友打听不同的慈善方式了。她甚至问了伯纳德·蒙铁尔关于他曾经支持过的那些协会提供赞助的事情。她承认她想要以这种方式参与，为了以防万一。

"我很关注残障问题,尤其是自闭症。"在总统大选前三个月,她这样说道,"当我刚开始教书的时候,自闭症的孩子还没有这么多,如今的情况让我扼腕。父母们承受的痛苦和无助深深触动了我,我们没有权利不去帮助他们。"

要是说布丽吉特·马克龙正式表示拒绝投身到第一夫人的角色中去,那是因为她知道她不想做什么。她近距离地见过瓦莱丽·特里埃尔维勒是怎么战战兢兢入住爱丽舍宫的。她不想还没准备好就登台。她发现卡尔拉·布吕尼在那段被媒体广为报道的入主爱丽舍宫日子里就表现得很好,她十分欣赏布吕尼的寡言、完美自制以及她总是干干净净的妆容。

2016年夏初,尽管她们的丈夫是潜在的竞争对手,布丽吉特还是想方设法去接近布吕尼,向一个共同认识的好友打听她的联系方式,为了能咨询她的意见。她们没有见面,但是布丽吉特高调地表达了她对这位前第一夫人的敬重:"她的工作做得很好，人们总是批评她，但她不卑不亢地度过了这一切，她把一切都管理得很好，这很不容易。"

一旦离开了政府，看起来没有什么能阻挡这一对无往不胜、时时刻刻操心着他们的媒体形象的夫妇了。他们尤其清楚报纸杂志对民意的影响有多大。他们很清楚，要靠知名度刷存在感，获得露脸的机会，而这些别人要苦心经营几年才能做到。

如此高的销量鼓舞了他们。忘记那些因为过度曝光而难免会有的小小的不快吧，比方说这天他们的孙儿辈正在勒图凯的花园里玩耍，一架无人机就从上方飞过。"当第一批偷拍的照片发表时，我们曾打算走法律程序。"蒂菲娜·奥齐艾尔这样说道，"然后我们放弃了这个念头"。

当他们占据头版的时候，《巴黎竞赛画报》每期的销量会增加30%到50%，所以还有什么好计较的呢？……双方都有巨大的利益。最终，这对夫妻仅仅在八个月内就上了三次封面!

有什么比他为竞选造势写的《革命》的封底更自恋的呢？一个字也没有，甚至连几行介绍文字都没有，似乎什么书都可以用的一种设计。上面有什么呢？他的照片。整整一面。还有他活力四射的笑容。自从瓦莱里·吉斯卡尔·德斯坦之后出版界就再没出过这种风格的书，德斯坦可从来都不是一个谦虚的人。

"我可没有越俎代庖，那是他们自己选的。"在巴黎泰尔讷的 Fnac 书店里，第一次大型签售会的时候，这位前经济部长温和地为自己辩解道。

而在政治圈中，微笑僵住了，批评的声音从四面八方响起。"即使是萨科齐也不敢这么干!"一位民选代表斥责道。而他本人长期以来也是通过他的朋友贝尔纳·菲克索（Bernard Fixot）在 XO 出版社出书的。而其他人惊讶地看到，站在布丽吉特·马克龙身后的，是米歇尔·马尔尚（Michèle

Marchand），昵称"咪咪"，"最佳形象"①名人摄影通讯社的女老板。

一个有时备受争议的人物，但她比任何人都知道要如何庇护她的"宠儿们"，让他们一直刷屏，她就像一个慷慨大方、无处不在的妈妈一样照顾他们。

各种形象混搭让人困惑。马克龙在贝尔西任命后不久，就有过经济部长出现在法兰西体育场看台上，看到夫妇俩最早刊登在《近距离》杂志上的一批照片很开心的样子，曾经让不少人咬牙切齿。

当这种"个性化"在2016年秋变本加厉时，前进党四面八方的工作人员也更加担忧了。图卢兹的一个负责人感受到了队伍中些许的不快情绪。另外一个埃罗省的负责人也承认了这个事实，在马克龙的拥护者会议中，大部分前进

---

① "最佳形象"（Bestimage）是法国三大八卦摄影通讯社之一。——译注

党新人都是这样："很多人提到了对这种'时尚名流杂志化（peopolisation）'的质疑。他们觉得他让妻子在《巴黎竞赛画报》上曝光太多了。担心这会影响到他的政治前途。"一个拥护者说道，关于这个话题他也有点儿赞同这种观点。

有些人对这个招摇过市、和他的同侪们表现得截然不同的人感到十分惊奇。说到底，他倒是挺像政治圈之前的那些大佬。虽然他也是用了媒体圈一些老掉牙的小把戏。他不是钦点女摄影师苏兹格·德·拉穆索尼埃尔（Soazig de La Moissonnière）跟拍，然后把大量照片散播给媒体吗？

这个喜欢拍摄像男士香水广告风格的黑白照片的年轻女人，曾在2012年的总统选举中担任某个大人物……弗朗索瓦·贝鲁的御用摄影师。他可不是政坛新手。也正是他今天还干掉了一个太想抢占他地盘的竞争对手。

照前进党其他地区负责人的说法，除了《巴黎竞赛画报》上的封面，皮埃尔·于雷尔在2016年秋天播出的纪录片让那些顽抗者和怀疑论者更加紧张了。

图卢兹这边,前进党中的一个代表人也很心烦:"他们的婚礼视频实在是有点儿过了!这是肯定的!"但是好吧,不管怎么说,马克龙夫人看起来还是不错的,他们都一致这么认为。而且(目前)这也还不足以影响前进党新人们的热情。"不过由于高层要求我们把党员所说的一切都记下来,所以我也就不藏着掖着了,我都写下来了。"一个非常忠诚的前进党人说道。

既然布丽吉特是马克龙政治路途上的王牌之一,既然这个策略不仅没有在民选中影响他,反而不可否认地提高了他的民意支持率,那为什么要改变策略呢?

艾玛纽埃尔的政治圈可能会在他背后说他些什么,她也意识到了,但是对于她,他们什么也没说。在寄给嘉宾们的邀请函上,署名是布丽吉特和艾玛纽埃尔·马克龙,通知他们去参加12月10日在巴黎举办的第一场盛大的集会,但这场集会竟然把最宽容的人也惹恼了。

在这场精心组织、展现实力的集会上，有一万多人拥到凡尔赛门。成群结队的年轻人，也有一些已经多年不参加选举投票的男男女女。但是这颗政坛新星让他们很好奇。蒂菲娜·奥齐艾尔是从加莱海峡省拼车赶来的。

在车上，有一个社会党拥护者，一个曾经支持奥朗德的人，还有一个支持萨科齐的，以及另外一个像他一样的前进党新人。在这个决定性的时刻，马卡龙当然已经下定决心要独自出现在灯光下，他从人群中挤出一条路，为了登上属于他的舞台，布丽吉特没有陪在身边。他只是在走过她身边的时候停下来飞快地吻了她一下。

这件路易·威登的天蓝色皮衣完美地衬托出了她的纤纤细腰，还有她那一成不变的黑色皮裤，在演讲尚未开始之前，她就早早地和小女儿一起在贵宾区落座。她的小女儿是劳动法方面的专业律师，同时也是马克龙的忠实追随者。先是妻子,再是继女……谁能够不去注意他在《北方之声》和《勒图凯回声报》上的公开发言呢?那是在勒图凯机场附近一家啤酒吧集会时的讲话。有什么比让人再多谈谈这场运动更好的呢……

除了布丽吉特和她的小女儿这两个超级粉丝,一线阵营中还有里昂的市长热拉尔·科隆博和菲尼斯泰尔省的议员里夏尔·费朗,他曾是奥布莱夫人的支持者。当马克龙的演讲让群众们开始挥舞欧盟旗帜和法国国旗时,布丽吉特正一丝不苟地听着丈夫在台上讲述他关于竞选的第一场行动。

在把两次点评说给女儿听的间隔中,她仔细观察丈夫做出的她非常欣赏的手势。他没有忘记,他们曾一起排练过的,要向围绕他的全体民众致意。在这场盛会期间,布丽吉特隐到了幕后,这是一部分竞选班子的意见,因为他们对她的过度曝光,以及她传递出的过于闪亮的形象有点儿担心。她展现自己没什么错,但是会提醒大家马克龙过去曾是个银行家。"就我而言,我不觉得他是个为金钱和物质所迷惑的人,"他在法国高师文科预备班的同学布里斯这样评价道,"我不相信这些会是他的动力。"

追随了马克龙很久的弗朗索瓦-约瑟夫·弗里也是这样认为的:"金钱不是他的动力,他在原本可以再挣一大把的时候离开了罗斯柴尔德集团!"

2016年9月,亨利·埃尔芒的生命已经快要走到尽头,马克龙的这个富翁朋友在被问到这个问题时,甚至敢这么坦诚地说:"艾玛纽埃尔不是被金钱驱动的人,所以他很谨慎!"他甚至和马克龙分享了他最丰厚的存折"账号",以便马克龙能够最大程度地提取资金。

在法国国际电台还有法国电视一台在2017年2月初的采访中,和他的政治同行完全不同的是,马克龙像一个小商贩一样挥舞着他的书,吆喝着让大家买他的书,让人觉得他好像从此只能靠版税过日子了一样……然而实际上,作为罗斯柴尔德的执行合伙人,他的年薪有时高达七位数。

显而易见，她的衣服都是出自大牌设计家之手。这让觉得她十分迷人的卡尔·拉格菲尔德①很欣慰。布丽吉特完美的身形让人想起那位曾经一度和迪奥以及法国鳄鱼两个品牌打得火热的拉齐达·达蒂②。走在时尚前沿的设计师尼古拉·盖斯奇埃尔在时装杂志 Gala③ 上向布丽吉特·马克龙致敬，而他是很少跟媒体袒露心扉的，这让布丽吉特名正言顺地进了"时尚圈"。"看到布丽吉特·马克龙穿着我设计的作品，对于我来说是非常高的赞扬，她是一个有品位有智慧的女人，"他在杂志中强调道，"我很喜欢她的风格和她对时尚的感觉。"

这么多发自内心的赞扬却并不符合马克龙的某些顾问原本为竞选所作的打算。总的来说，她干扰了她丈夫想要表达

---

① 卡尔·拉格菲尔德（Karl Lagerfeld，1933— ），德国著名服装设计师，香奈儿的艺术总监，人称"时装界的恺撒大帝"或"老佛爷"。——译注
② 拉齐达·达蒂（Rachida Dati，1965— ），法国前司法部长。她拥有法国和摩洛哥双重国籍，2007 年 5 月 18 日，总统萨科齐任命她为司法部长，是首位出任政府要职的穆斯林，也是首位获得任命出任政府要职的北非裔政治人物。但在 2015 年 5 月 17 日，她涉嫌任职期间滥用公款购买奢侈服饰、为高级餐厅和美食埋单等而接受审计部门调查。——译注
③ 法国明星文化时尚杂志。——译注

的政治信息。更糟糕的是，她价格不菲的衣着使得对"银行家"马克龙的指责更加甚嚣尘上了，虽然马克龙极力想要让大家忘记他在罗斯柴尔德赚的那几百万欧元。

早在2016年夏天之前，就已经有人提醒过布丽吉特她可能会栽在她的好身形好品位上了。直到某天她穿了单价一万五千欧元一件的天价衣服……有人指出这点时她愣住了，她本可以轻描淡写地说衣服是别人借给她的，她不知道价格。

2016年初，马克龙夫妇确实或者几乎每周都在酩悦·轩尼诗-路易·威登集团的老板贝尔纳·阿尔诺（Bernard Arnault）家吃饭。

"每周都有不同的公司给我提供衣服，"就在残酷的总统大选开始前几个月，这位总统候选人的妻子这样说道，"至于参加盛大的晚会，我觉得能展现法国设计师的作品是件特别棒的事情。"但是布丽吉特也说了，要是她这么做会让人指责她丈夫的话，她就不穿这些昂贵的衣服了。

这种谨慎的态度在她身上是新现象。但也有一些例外的情况。就在马克龙在凡尔赛门的演讲结束当天,他的妻子正准备从用栅栏围起来的保护通道离开时,非常热情地回应了向她打招呼的群众。她甚至朝一个在轮椅上的男人伸出了手,听他讲话,和他交谈了好一会儿。她的贴身保镖随她去这么做了,但是非常紧张。

在集会的时候,几个捣乱分子冲进了本来被严密保护的展览馆,他们像喊"谢谢老板"一样高喊着"谢谢老马!"。《谢谢老板》(*Merci Patron*)是一部斥责贝尔纳·阿尔诺的公司的同名热播的电影,在被赶出去之前,他们还扔了几个臭球。不过这对夫妻对这种放肆的行为已经习以为常了。

那一天,她既没有让眼观六路保护她的大块头保镖生气,也没有回避群众的欢呼致意,她享受着这次成功的集会。她甚至还和本书的作者之一聊了一会儿。当作者试图和她约下一次访谈的时间时,她把一根手指竖在唇上,暗示"现在还不行"。从来不令人扫兴,她和政治界的那些高层的风格很不一样。为了等这种怀疑的氛围,以及安在她头上的罪名,也就是对这对夫妻"时尚名流杂志化"的指控稍微平息一些，必须等待……

不过过了一会儿，当她的随身保镖拦住了想要走过来采访她的感受的西里尔·埃尔丁（Cyrille Eldin）时，布丽吉特示意让他穿过警戒，她对这个《小报》（*Petit Journal*）的主持人颇有好感，西里尔·埃尔丁曾是演员，并且一直为自己的文学水平自鸣得意。他也曾是在贝尔西举办的娱乐圈晚宴的受邀嘉宾之一。

本来被要求保持沉默的她，忍不住在摄像机面前跟他悄声说道："对了，西里尔，你是个文化人，那你知道阿波利奈尔的《醇酒集》的第一句是什么吗？'最终你厌倦了这个古老的世界。'"

布丽吉特对此效果很满意，尽管这个曾是文学老师的人很爱引用这个句子，不过也打算离开了。但是这个记者还是像以往一样，总是想方设法想达到目的："听说现在马努埃尔·瓦尔斯正在艾弗里忙着握手呢！"他脱口而出。"他要是看到我们在一起，会嫉妒的！"她俏皮地说道。这同时也是在摄像机镜头面前公开的一个小小挑衅。

据三天后的《鸭鸣报》报道,这场运动的灵魂人物之一,热拉尔·科隆博,斥责这对夫妇的恰恰就是他们过于迷信自己在电视和名流杂志上的形象。

2016年这对夫妻第三次上《巴黎竞赛画报》的封面是在11月末,这种做法激怒了大批群众,即使是对这个政坛搅局的新手最宽容的人都愤怒了。

头条上给马克龙树立了一个友好的精英形象,让人不得不这样想:"第三次上封面了,不可能再说弄错了吧!"这会让人感觉"这不像是他的风格""不是他"。他愤怒了,避免直接指责这次事件的始作俑者,但他丝毫没有掩饰自己的气恼。

被媒体热议的政治家很快发了手机短信回应说:"不喜欢《巴黎竞赛画报》的人都是假正经!""那好,我宁可当假正经!"知识分子这样反驳道。

这些文人之间的唇枪舌剑表明了一种分裂,一种学者圈对候选人采取的这种投机取巧、妥协和庸俗的秀自己的招数不买账、不姑息。尽管所有的或者说几乎所有的政客都会玩这套把戏。

他的竞争对手们就这一现象大做文章,就像阿尔诺·蒙特布尔说的:"艾玛纽埃尔·马克龙是媒体的候选人,他已经上了七十五次杂志封面了!"

左派初选正热火朝天进行的时候,是蒙特布尔的妻子奥莱丽·菲利佩蒂迫不及待地开始攻击《新观察家》杂志,后者再一次把它的封面奉献给了马克龙。她在推特上既指责了这颗新兴的媒体之星,又指责了一份左派杂志过于拥护……

"刚开始我还以为这是个玩笑,但其实不是的!2016年马克龙已经上了六次封面了,《新观察家》还要创一个新纪录吗?"这位摩泽尔省的女议员揶揄道。

前进党的这位候选人虽然"只"独自或是同妻子一起包揽过四十多家报纸的头版,但这个记录也让他不得不出面息事宁人了。"我不是这些报纸杂志的所有者。"在法兰西五台一档叫"该你了"(Càvous)的节目上这位前部长这样为自己辩护道。

"如果有人要把我放在封面上,"他继续诚恳地说道,"只能说明一件事,那就是这样会让他们的杂志更畅销,或者说这会让读者更感兴趣。"实际上,因为这对夫妻,《巴黎竞赛画报》创下了近年来最好的销售纪录。

随之而来的是不快,当主持人安娜-伊丽莎白·勒穆瓦纳(Anne-Élisabeth Lemoine)尖锐地抨击他说这是一种老套的公关策略,只不过是一个功利主义者利用这种方式来展示自己的妻子而已时他就气了一小会儿,说出了一句只有乡下人才会骂的话:"太他妈扯淡了。"四十岁以下的人很少会这么说。这么一来,他的声调也高了——一点点——声音也变得尖了,他指着屏幕上《巴黎竞赛画报》的封面,上面登了他穿着泳裤的照片:"我在比亚里茨度假,我总不能因为有狗仔队跟着我就把自己捂得严严实实吧!……我并没有想去展示我的私生活,我唯一一次提到它,是在我的书里,这我承认。"

在一字一顿地说完这些话之后,艾玛纽埃尔·马克龙很快就不愿再提导演皮埃尔·于雷尔拍摄纪录片《艾玛纽埃尔·马克龙：流星的策略》时用到的一部分他的婚礼影像了。就算不是这对夫妻亲手把这些资料交给他，把这些影像给纪录片导演的人也不可能不事先通知他们。

导演皮埃尔·于雷尔对马克龙这个政府的"空降兵"造成的"马克龙现象"很感兴趣。他曾打算致力于展示人物传奇的命运。然而当他们在贝尔西会面时，这个高度欣赏于雷尔拍摄的关于乔治·蓬皮杜的纪录片的经济部长，却立刻表达了他的审慎："我不喜欢谈论我的私人生活。"

在第二次会面的时候，他补充了一点，这点也可以轻易地从他的眼神中看出来："我所感兴趣的是谈一谈我的计划。"于是前进党开始前进了。不过马克龙绝不短视，他既没有上媒体头条的欲望，对于"讲自己的故事"也丝毫不感兴趣。

"我知道应该讲个故事。"他粗略地说了一下。仿佛他们的角色在这场朝权力进军的征途上早就分配好了：艾玛纽埃尔表现得十分含蓄，而布丽吉特立刻就表现得很配合。不过他俩都对自己独特的故事非常自豪，愿意告诉全世界他们一切都很好，不会因为一些荒唐的流言蜚语而乱了阵脚。《玛丽安娜》(*Marianne*) 的记者马克·安德伍德 (Marc Endeweld)，是马克龙第一本传记①的作者，后来一再重复说："很高兴在银幕上看到这对夫妇，他们的结合显然有'一种不可忽视的力量'。"那么为什么不谈一谈马克龙生命中的"显然"呢？这或许是他人生的基点。

"他觉得有必要谈一谈他的生活，但是实际上他不喜欢这么做。"如今，皮埃尔·于雷尔这样说道。所以这位未来的爱丽舍宫候选人是这样处理的：不回避，也不添油加醋。哪怕这部纪录片，至少关于私人生活的部分，显得有些"植入"和煽情。

当他的妻子在他们勒图凯的露台上，第一次开始细说她和她的学生第一次相遇的场景时，马克龙不在场，也没有在门外偷听。也许是不好意思吧。一个很矛盾但又毋庸置疑的

---

① 马克·安德伍德 (Marc Endeweld)，《模棱两可的马克龙先生》(*L'Ambigu Monsieur Macron*)，弗拉马利翁出版社，2015 年。

事实就是，人们不愿意听别人谈论自己做过的事情。他的政治圈，尽管十分警觉，控制应有的局面，对此也没有说什么。不，艾玛纽埃尔·马克龙不喜欢在旁边听布丽吉特谈论他们夫妻的话，他自己也不会如此轻易地吐露一切。

当这部和经典的政治传记片截然不同的纪录片在2016年的春天上映的时候，贝尔西团队疯了。伊斯马埃尔·埃美利安曾是多米尼克·斯特劳斯-卡恩的支持者，是个三十出头的高明的谋士，他告诉马克龙尤其不应该这样做。他不是唯一一个这样说的人。有些对这样一部纪录片所包含的内容还不甚了解的人，最终还是让皮埃尔·于雷尔自由发挥了。艾玛纽埃尔·马克龙对这些警告毫不在意，他，也只有他，仍是一如既往地坚定。

布丽吉特·马克龙对于第一次公开给她的生活带来翻天覆地变化的爱情故事没有表现出不悦。也许是没有意识到这种非常私人的言论会带给前进党造成影响吧，尤其是没有想到会给舆论界和政治的小世界带来影响。这部纪录片12月在法国三台播出的时候，一些专门的喷子没有忘记在推特上抨击这些从未公开过的镜头，比如这对夫妻在勒图凯的市政厅相互许下终身的承诺，或者是新郎在威斯敏斯特的晚宴中发表的庄重演讲中感谢布丽吉特的家庭和她的子女，等等。

马克龙夫妇显然打破了所有的规则，同时仍在使用时尚名流杂志化这个老招数。或许要更复杂一些。"和那些迫于政治考量才把他们妻子从箱底拿出来秀一秀不一样的是，至少，他们是很透明的。"公关顾问帕特丽夏·巴尔梅这样称赞道。

已经成为候选人的前部长知道如果度稍微过了就有可能葬送他的美好前程。或许正因为如此，他原本打算2016年秋末夫妻二人组出发去迷倒美国公众，在征服法国之前漫步在第五大道上，或看看自由女神像。

但是布丽吉特没有参与这次纽约之行。这位前部长独自参加了几次集资午宴，这些钱是为了即将来临的大选准备的（每位宾客收取两千至七千五百欧元）。他在他唯一的媒体顾问的陪同下参观了一所法国学校。这次没有连篇累牍的照片和报道,而这也是远离风暴所必须付出的代价。他需要远离这些无处不在的监测器。他的每一次出现都会让媒体兴奋不已,而同时也会激怒他的政敌。

尽管她在巴黎的集会上保持了沉默,但是在马克龙的候选人发言之后,*Gala* 之类的女性杂志和时尚杂志都将目光对准了布丽吉特。她充满魅力的摇滚风格,她的天蓝色上衣都在杂志网站上被热议。政治圈的新人会引起关注。此外还有蒂菲娜,马克龙夫人的女儿,她长得很像妈妈,也第一次公开地出现在她母亲身边。

这篇文章被点击了几百万次。这次不仅仅是"马克龙夫妇",而是马克龙整个大家庭都进入了公众的视野。

1月14日的里尔的集会上,蒂菲娜·奥齐艾尔穿着一件嵌着银白色大纽扣的米白色上衣,坐在母亲的右边,吸引了不少摄像机。就在那天上午参观里尔附近海勒米斯的一家幼儿园时，布丽吉特·马克龙私下接受采访时，甚至袒露她的小女儿对政治越来越感兴趣："也许有一天她也会干这行的。"

在上法兰西大区，关于这位家族的小女儿有可能会成为2017年的立法机构候选人的流言很快就传播开来。"这对这个年轻的妈妈来说为时过早。"她身边的人这样说道。"哪个律师不希望自己参与法律制定呢？"蒂菲娜·奥齐艾尔坦陈，"但总能找到很多人选去当议员……而能抚养我的两个孩子的人选却少得多！"

在离开加莱海峡省的欧帕尔律师事务所之后，为了照顾她的两个分别才三岁和一岁的宝宝，蒂菲娜·奥齐艾尔留在了滨海布洛涅的律师团供职。她也不遗余力地在为继父的成功而努力着。法国电视三台地方台曾在她儿子所在的托儿所采访了她，她解释了自己参与前进党运动的原因，因为她不确定她的姐姐洛朗丝是否能适应媒体那一套，她的哥哥塞巴斯蒂安就更不适合了，他特别担心会把自己的亲朋好友牵扯进来。

这种肯尼迪式的家族秀很可能会刺激到很多已经对马克龙在媒体上的无所不在而感到厌倦的人，尤其是左派。"他不过是因为你们才上位的。"马克龙昔日的一位同事忿忿道。"真是一场灾难。"蒙特布尔①阵营的人也不甘示弱地抨击道。不过最终这些对他们的指责都不重要了。凡尔赛门的集会后马克龙保持的在媒体面前的克制不会持续很久了。

12月26日，马克龙夫妇在勒图凯的别墅中待了一周后，各大报社又刊登了这对手牵手在里斯本的小路上散步的夫妻照片。沐浴在葡萄牙阳光下的他们，像一对年轻的情侣一样在闲逛。他们都穿着时尚的牛仔外套，戴着墨镜。一个跟拍他们的摄影师在和他们交谈了一会儿之后，马克龙夫妇就"非常明智地"让他跟拍了。

他们甚至对这个跟拍者产生了好感，并和他交流了里斯

---

① 阿尔诺·蒙特布尔（Arnaud Montebourg, 1962— ），法国政治家，曾任经济部部长。——译注

本的几处不错的地方。《周五、六、日》(*VSD*) 周刊已经不止一次将这对夫妻登上封面了，它毫不犹豫地买下了其中一家报社提供的照片，并且把这对年度最佳组合放在了节日那一期的封面。"2017 大战前与妻子布丽吉特最后的私密时光"，这是周刊的标题。"他们这周的封面简直是疯了！"周围的人评论道，半是惊愕……半是矫情。

每一次竞选都需要一点儿手段，同时也会有苦涩的部分。这个忙碌的男人差点儿就不能在每一个新阶段都表现得单纯直率了。当然，他找到了应付的办法，因为事实上，不需要由他自己来掀起私生活的内幕……只要在妻子的陪同下任由镜头对着他们拍就好了。这种方式已经日臻成熟，尽管在内行人看来还是有点儿做作。塞格琳·罗雅尔在 2006 年也运用过同样的手段。"一个媒体的候选人！"面对她当时不可思议的快速升迁，有很多满腹狐疑的政界大佬这样嘲笑道。

在一些包括报刊在内的行业中，这种"马克龙现象"给许多编辑部打了鸡血。克里斯托弗·巴比尔（Christophe Barbier），《快报》的前编辑部总编，就没有掩饰他对"马克龙经济"新教条的迷信。《观点》周刊的经理艾蒂安·热尔内勒（Étienne Gernelle）一直和前进党的这位候选人保持着良好的关系。

2017年1月中旬，《玛丽安娜》首先对一些像《快报》和《新观察家》周刊这类社会民主党派报刊的傻乎乎的讨好表示了愤慨。"公关领袖马克龙。拍他马屁的媒体烦死人了。能不能谈谈他的治国大计啊！"这家怒气冲冲的周刊起了一个这样的标题。

确实，如今很少有政治人物会让人愤怒到要使用这种要命的文风。法国人对他和他的同侪们都持有前所未有的怀疑。他自己也并不相信这些媒体的幻影，但仍桀骜不驯地相信属于他的天意。

尾 声

她在倾听。她生命中的男人再次引用了勒内·夏尔的句子。他几乎是在抒情式地感激法国这些前进党新人的在场。里昂，2月4日，在一场非常美国式的演讲中，他不疾不徐地讲着。他要说出带给他力量的一切，就是这股力量会推他更上层楼……或者不会。

如果艾玛纽埃尔·马克龙下定决心，那便没有什么能够阻挡他。"人们跟我们说这个不可以做，那个是不可能的，这个不是为我们准备的，要遵守已有的规则、秩序、纪律，要在别的地方寻找幸福。"

他妻子的青蓝色眸子湿润了，视线变得模糊。在成千上万双眼睛面前，他们夫妻二人像是普罗米修斯的隐喻，一直在努力摆脱条条框框的束缚，今天他们要打破的是政治的条条框框，就像允诺给法国人的这场"革命"。就算一些找茬的人看他如此大肆炫耀看得脸色铁青，那又有什么关系呢。

几天后，他再一次旗帜鲜明地对抗关于他们夫妻俩的流言。在博比诺音乐厅的舞台上，在巴黎的前进党人面前，虽然他们没有要求他这么做，但马克龙还是主动提起了在法国漫天飞的流言蜚语："我要说一件可能不太得体的事情，如果你们在巴黎晚餐时，有人告诉你们说我和马蒂厄·加莱或者其他什么人有双重生活的话，那个人绝对不是我，而是我的全息影像！"他认为一直陪在他身旁的妻子就是最好的证明："我向你们保证，因为从早到晚她都在分享我全部的生活，她单单想一想我是怎么可能脱得了身的就行了。"

马克龙阵营的人都在极力抵御漫天的流言蜚语。

不管会发生什么，马克龙夫妇都已经一起度过了非凡的二十年。这是她亲口说的。在他们那次特别的相遇之后，已经过去二十年了，但他们的记忆依然鲜活。"你俩会合写一本书吗？就是当初我和艾玛纽埃尔一样！"她悄悄问我们。他们俩曾经抢着改写那部《喜剧的艺术》。

对文学的爱……然后是爱情。难以触摸而又不容置疑的微妙转变。在布丽吉特·奥齐艾尔导演的爱德华多·德·菲利波的戏剧中，学生马克龙演的是奥雷斯特·坎佩斯，一个剧团的经理，一个小世界的总指挥，应邀来看演出的名流都是平庸之辈，一些负责公共事务的普通行政人员。但是最终政客和演员无法区分了，所有的脸都混在一起，都可以互相替换。

"变革"的候选人卸下了他的戏服吗？或是像在这场意大利剧中一样，仍然相信哲学和知识的力量可以战胜技术官僚主义？

在台上，坎佩斯说了这样一句充满智慧和远见的话："在戏剧中，最完美的真实，也总是最完美的虚构。"今日，现实的舞台使得艾玛纽埃尔·马克龙成为了一个问鼎总统宝座的人。这是一个宏大的计划。如果登上最后一个台阶，这一次，我们已经可以想象他将引用兰波的话。

这也是他的内心深处时刻诵读的：

"我要去远方，很远很远的地方，像个波西米亚人。随性而往，幸福得就像有个女人陪在身旁。"

致　　谢

感谢所有为我们提供素材的人,无论这本书有没有提到他们的名字。

感谢布丽吉特·马克龙,肯花时间接受我们的访谈。

感谢愿意见证这一切的艾玛纽埃尔和布丽吉特·马克龙的家人和他们的同路人。

卡罗琳·德里安

感谢 C.R.,他知道没有人可以驯服"大众"。

他的关注让我们倍受鼓舞。

非常感谢我的朋友 A.-V. 和 R.,感谢他们的支持。

想念 L.B.。

感谢一直陪伴着我的 E.C.，感谢莫里哀和王尔德，给了我创造几个角色的灵感，或许将来还有更多。

康迪斯·内代莱克

感谢克里斯汀娜和埃尔维坚定不移的支持，感谢纪尧姆充满关爱的告诫。感谢来自圣特罗佩湾的所有鼓励和支持，尤其是来自让尼娜的。